KB106784

시위를 당기기 시작했다

예술가 에세이선

시위를 당기기 시작했다

초판 1쇄 발행 2021년 12월 25일

지은이   이연옥

펴낸이   한영예
편집   박광진
펴낸곳   예술가
출판등록   제2014-000085호
주소   서울 송파구 문정로13길 15-17 201호
전화   010-3268-3327
전자우편   kuenstler1@naver.com
인쇄   아람문화

ISBN   979-11-87081-23-4(03810)

* 이 책은 2021년 시흥시 문화예술지원사업 보조금으로 발간되었습니다.

예술가 에세이선

시위를 당기기 시작했다

이연옥 수필집

예술가

프롤로그

가장이 편해야 집안이 편하다. 이렇게 말하면 요즘 시대에 무슨 전근대적인 사고방식이냐 하겠지요? 그럼에도 가족들이 화목하고 마음 편하고 행복하게 살아가는 비결이라는 것에 대해서는 이론이 없을 듯하다.

살면서 손으로 꼽을 수 없을 만큼 많은 사람들을 지나왔다. 여러 층의 가정이 있어 어떤 가정은 부러울 만큼 본받고 싶은 가정이 있고, 어떤 가정은 행여 물들까 걱정스러울 정도의 가정도 있다.

나이를 먹어갈수록 좋은 가정이 눈에 보였고 가장이 튼튼해야 가정이 행복하다는 지론도 생겼다. 그렇다고 내가 가장을 떠받들거나 순종하고 사는 건 아니다. 다만, 나이 들면서 사회에서 점차 소외되어 가는 가장의 모습을 보면서 마음이 씁쓸할 뿐이다. 사람이 나이 들면 거치는 과정이겠거니 하면서도 내버려두어서는 않되겠다는 생각이 앞선다.

평생 가족들의 행복을 위해서 일만 하던 가장이 일선에서 물러날 때, 그 회의감은 클 것이다. 밖으로만 나돌던 사람이 집 안에서 맴도는 걸 본다. 한 가지 화두가 떠

오른다. '가장의 삶을 즐겁고 의미 있게 해주어 가정의 행복을 찾자.'

우스운 이야기 같지만, 가장이 밝고 활발하게 살아가면, 딸린 가족의 삶에도 생기가 돋고, 그 가운데 웃음이 피어난다.

그가, 그들이, 다시 일어나 어딘가로 시위를 당긴다면 삶이 달라질 것이다. 어떤 취미를 가진다든지, 살아오면서 쌓은 경험을 사회에 기여한다면, 의미 있는 삶을 살게 되고 여유도 생겨날 것이다. 그녀들도 마찬가지다.

텃밭에 앉아 세상을 잊은 듯 지내다가도 뭐하는지 모르겠다 싶은 날이 많다. 그럴 때 과녁을 향해 시위를 힘껏 당겨보자는 것이다. ▪

목차

2부 시위를 당기기 시작했다

3부 우린 죽마고우 아닌가

4부 어떤 출판기념회

5부 나무를 둘러싼 공방전

6부 노을 지는 염전터

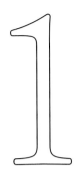

외갓집 캠프

갈참나무

비가 온다.

봄 빗소리는 나무가 자라는 소리다. 자작자작 푸름이 짙어가는 소리다. 비 맞는 갈참나무 아래 우산을 쓰고 서 있다. 빗방울이 나뭇잎에서 우산으로 토토톡 떨어진다. 나무를 올려다본다.

우리집에는 내놓을 만한 명품이 하나 있다. 갈참나무다. 갈참나무는 집 입구에 서서, 들어오고 나가는 가족들을 살피며 스스로 수문장을 자처하고 있다. 그 수문장 이야기를 해보겠다.

30년 전 잡풀더미 속에 줄기만 무성한 갈참 덤불이 있었다. 다른 풀들과 함께 잡풀이라는 이름으로 무수한 세월을 살아온 잡풀더미였다.

새로 집을 지을 때였다. 남편이 집 주변 잡풀더미를 베어내면서 갈참 덤불만 남겨놓자고 했다. 잡풀 같은 갈참 덤불을 나무로 길러보기로 한 것이다. 잘 자라줄지 모르지만 튼실한 두 줄기만 남기고 자디잔 줄기를 모두 잘랐다. 한 줄기만 남기면 행여 바람에 부러지기라도 하면 낭패이기 때문에 두 줄기를 남긴 것이다. 해가 지나자 두 줄기는 잘 자랐고, 3년이 지나자 더 실한 가지 하나만 남기고 다른 가지는 잘라주었다. 그 가지 하나가 나무로 쑥쑥 자랐다. 해마다 눈에 띄게 자랐다. 곁가지가 나오면 단호하게 잘라주었다. 어느 해부터인가 제법 괜찮은 나무 모양을 갖추었다. 겨울에는 매운바람을 견디며 집 언덕을 지키고, 여름에는 진초록으로 싱그러움을 안겨주는 나무가 되었다.

30년이 된 지금, 높이가 20m는 족히 될 듯하고, 둘레는 두 명이 팔 벌려서 잡아야만 할 정도가 되었다. 이제는 수형이 웅장하고 단아해졌다. 그 나무 아래 서 있으면 나뭇잎 팔랑이는 소리가 듣기 좋고 그늘이 넓어서 시원하고 상쾌하다.

동네 골목에 들어서면 커다랗고 잘생긴 나무가 바로 우리 집 갈참나무다. 사람들은 지나가다 한 마디씩 한다. "그 나무 명품나무네." "오랫동안 그대로 두면 뭔가 한 몫 하겠는 걸." 잡풀더미라고 잘라버리지 않고 나무로 기르길 잘했구나 하는 생각이 든다.

가족이 많은 우리 집은 가지 많은 나무에 바람 잘날 없다는 말처럼 기쁜 일도 있었지만, 속상하고 아픈 일도 많았다. 갈참나무는 집에서 일어나는 일을 다 알고 있을 것이다. 만약에 나무에 문이 있어서 문을 열고 본다면 우리 집 가족사가 다 들어 있을 것이다.

　언제부터인가 집에 들어오고 나갈 때 '안녕? 다녀올게.' '안녕? 아무 일 없었지?' 인사를 하곤 한다.

　여느 집보다 많은 가족들과 살면서 이 갈참나무 아래서 울고 웃던 일이 생각난다. 마음을 진정시킬 수 없는 날이면 갈참나무 아래 쭈그려 앉아 울기도 했는데 그럴 때마다 갈참나무는 나를 다독거려주고 하소연을 들어주는 친구였다.

　남편도 속상한 일이 있으면 그늘에 앉아 담배를 뻐끔거리다 일어서곤 했다.

　아이들에게는 엄마를 기다리던 나무였다. 어둠이 내리면 시장에 야채 팔러 간 엄마를 눈이 빠지게 기다리다 골목 어귀로 들어오는 내가 보이면 한꺼번에 달려와 맞아주곤 했다. 그때 엄마 대신 기대던 나무였다. 아빠 엄마에게 야단맞는 날이면 마당을 뛰쳐나가 나무 밑동을 툭툭 차며 울었다. 이렇게 아픔도 많은 우리 집 비밀을 다 알고 있는 갈참나무다.

이 나무 아래 서 있으면 젊은 날 풍경들이 주마등처럼 스쳐간다. 갈참나무는 "그래, 다 알고 있어, 잘 견뎌내고 살았던 거야."라고 나를 이해하듯 나뭇잎만 팔랑거린다.

나무도 사람의 삶과 같다. 어떤 사람을 만나서 어떻게 길들여지느냐에 따라 달라진다. 갈참나무도 그대로 두었다면 지금까지 잡풀더미 속에서 잡풀로 살다가 지금쯤 사라졌을지도 모른다. 그런 걸 보면 사람도 마찬가지다.

자식이 부족한 부분이 있더라도 잘 다독여주고 지지해주다 보면 스스로 잘 자라나게 된다. '무턱대고 안 된다. 안되니까 하지 마라.' 하면서 싹을 잘라버리는 것보다, '그래, 해봐라, 너는 잘 할 수 있어.' 하면서 자신감을 심어줘야 한다.

친구나 주변 사람도 마찬가지다. '저 사람은 안 돼.' 하고 불신하기보다 끝까지 믿어주고 함께 웃고 울고 어려울 때 손잡아 주다 보면 서로 신뢰가 쌓여 돈독한 관계가 된다. 이렇게 자식이나 사람 관계도 나무를 기르는 것과 마찬가지다.

자작자작 비 맞는 갈참나무가 아름답다. 웅장하고 수려한 풍채로 우리 집을 내려다보고 있는 이 갈참나무는 분명 명품나무다. 갈참나무가 훗날까지 굳굳하게 서 있어서 오래오래 우리 집의 버팀목으로 남기를 바래본다. ◾

외갓집이 된 이야기

　나무와 꽃들이 가득한 집이 되길 바라면서 주변을 가꾸었다. 시멘트로 가득한 세상을 잊고 자연으로 힐링되는 집을 생각했다. 봄이면 울창하게 자란 나무 사이에 새로운 꽃들을 심으며 집을 다녀갈 자식들과 손주들을 생각했다.

　봄이 오고 꽃이 피어나듯이 손자 손녀들이 차례대로 태어났다. 그리고 외할아버지 외할머니가 되었고, 외갓집이 되었다. 송이, 린이, 동이, 진이 그리고 올해 외삼촌 부부에게서 태어난 외갓집의 완이. 꽃보다 예쁜 보물들로 가득 찬 집이 되었다.

　우리를 외갓집으로 만들어 준 첫 번째 보물은 송이다. 산후조리원에서 나와 외갓집에 있는 동안 송이는 신비로운 새싹이었다. 오래되어서 낡고 퇴화되어 가는 집안 사람들의 기운을 새롭고 신선한 기운으로 바꾸어 주었다.

밖에서 일하다 흙발로 덥석덥석 들어오던 외할아버지는 조심스럽게 온몸을 털고 들어왔다. 웃음기 잃은 차가운 표정이었던 증조할머니도 얼굴에 미소가 흘러 넘쳤다. 나는 잠자는 송이가 어서 일어나 눈을 마주치며 웃어주기를 기다리곤 했다.

착한 아기였다. 우는 소리를 거의 들을 수 없고 보채거나 귀찮게 하지 않았다. 제 엄마가 젖을 먹이거나 우유를 먹이면 잘 먹고 잘 자는 아기였다. 어떨 때는 울려보고 싶어 손가락을 무는 척하면 송이는 얼굴을 살짝 찡그렸다가 다시 배시시 웃음을 지었다. 마음이 평화로운 아기였다.

부모가 맞벌이 주말부부라서 낮 동안은 친할아버지 친할머니가 돌봐주었다. 둘째 딸이 출근할 때 친할아버지댁에 데려다 놓고 퇴근할 때 데려다와서 저녁과 밤 시간을 송이와 함께 보냈다.

송이는 책을 좋아해서 그런지 차분했하면서도 사리분별을 잘 했다. 옳고 그름이 분명해서 논술을 쓸 때도 생각을 분명하게 표현할 줄 알았다. 살빛이 유난히 하얗고 뽀얀 송이는 어떤 일에도 서두르지 않고 자기가 할 일을 자기가 할 줄 아는 자아가 탄탄한 아이로 지금은 중2의

사춘기를 넘어가고 있다.

우리 집에서 두 번째로 태어난 아기는 큰딸에게서 태어난 울음소리가 유난히 컸던 린이다. 초롱초롱한 눈동자에 또랑또랑한 목소리를 가지고 있었다. 태어날 때 울음소리가 유난히 커서 병원을 쩌렁쩌렁하게 울렸다.

자라면서도 그 울음처럼 말 한마디 한마디가 힘이 있고 또박또박했다. 어른들이 놀랄 정도였다. 예쁜 걸 좋아하고 새로운 걸 좋아했고 되고 싶은 것이 많은 아이였다.

어린 린이는 놀이터에서 노는 걸 좋아했다. 해변이 있는 동네에서 자라면서 해변을 엄마와 걸을 때 친구가 보이면 그냥 지나치지 않았다. 아파트 놀이터에서는 자주 만나는 친구들과 잘 어울리고 잘 놀았다.

가족들은 한 마디씩 건넨다. "린아, 이다음에 커서 어떤 사람 될래?" "린이는 말을 또박또박 잘하니까 아나운서, 변호사, 선생님 그런 거 되면 좋겠다."

"아니요. 저는요. 연예인이나 의사선생님이나, 유치원 선생님이 될래요."

"어, 그래그래. 그래라. 린이는 잘 할 거야."

린이는 어른들이 하는 말을 받아서 대답을 잘했다.

린이는 이해심도 많았고 동생 진이를 어른처럼 사랑하고 챙겼다.

유치원에서도 친구들과 잘 지냈고 훌라댄스를 잘 추었다. 몸이 가볍고 운동감각이 좋아서 가르치는 대로 잘 따라 했다. 또한 눈치가 빨라서 어른들이 무슨 말을 하기도 전에 척척 먼저 그 자리에 와 있었다. 싹싹한 아이였다.

어릴 때부터 그림 기르는 걸 좋아하는 린이는 시간이 나거나 속상한 일이 있을 때면 마음속의 만화 캐릭터를 그리면서 스스로 위로할 줄 알았다.

커가면서 직장 일로 바쁜 엄마를 도와서 집안일을 찾아서 했고, 동생 진이를 엄마처럼 돌봐주었고, 직장에서 지쳐서 들어오는 엄마를 마음 아파하는 아이였다.

세 번째로 시월의 마지막 날에 둘째 딸에게서 태어난 동이는 연약한 몸과 예민한 감성의 아기였다. 아프지는 않았지만 너무 가녀려서 바람이 불면 쓰러질 것만 같았다. 엄마가 없을 때는 그 빈자리가 큰지 낯설어하고 불안해하고 무서워했다. 엄마바라기였다. 눈물이 많아서 작은 소리에도 금방 눈물이 쏟아졌다. 엄마가 없는 동안은 늘 눈물이 글썽거렸다.

엄마가 회사에 있는 동안 친할머니 친할아버지가 보살폈다. 그래서 그런지 친할아버지 친할머니 외에는 모두 낯설어했다. 외갓집 외할아버지 외할머니도 낯설어했다. 학교를 다니면서까지 낯설음을 벗어나지 못했다.

한 번은 외할아버지가 동이를 돌보다가 처음부터 울어 대는 바람에 달래다 못해 결국 제 엄마 직장으로 데리고 갔던 적도 있었다.

동이는 여린 감성을 지니고 있어서 피아노를 감동적으로 연주했다. 한 번 들은 피아노곡을 비슷하게 쳤다. 모든 걸 빠르게 익혔고 빠르게 생각을 했다. 의외의 생각을 잘 했다. 우리들은 핸드폰에 동이 이름 대신 '사차원세계 왕자'라고 등록해 두었다.

누구나 자식이 영재이기를 바라는 마음이겠지만 동이는 유별해서 가족들은 영재가 태어났다고 했다. 유치원에서도 영재검사를 해보자고 할 정도였다.

몸이 허약해서 축구를 가르쳤다. 동이가 무엇을 하면

몰두하는 성격이어서 축구도 열심히 잘 했다. 하는 게 많아서 한 가지라도 정리해야 한다고 하면, 피아노, 축구, 태권도 모두 그만 둘 수 없다고 고집을 했다. 점점 커가면서 연약했던 모습은 감쪽같이 사라진 동이다. 하지만 여전히 감성파다.

진이는 특별나게 울지도 않고 예민하게 굴지도 않는 믿음직한 아기였다. 튼튼한 아기였고 엄마를 너무 좋아하는 마음이 여린 아기였다. 잘 먹고 잘 잤다. 특히 안으면 아기들 특유의 향이 진했다. 손짓 발짓의 범위가 넓었으며 힘이 들어가 있었다. 그런 진이를 보며 운동을 하면 좋겠다는 생각이 들었다.

크면서 작은 것 하나도 그냥 넘어가는 일없이 이유를 묻고 따졌다. 그런게 장점이 되는 사람이 될 거라 생각했다. 어른들과 장난치는 것도 좋아했고 마을의 같은 또래보다는 형들과 잘 어울렸다.

외갓집에서 사촌들이 다 모이는 날이면 진이는 동이 형아가 좋은데 동이가 린이 하고만 놀면 시무룩해했다. 그럴 때 송이 누나는 구세주였다. '진아, 이리 와' 하면서 진이를 챙겨주고 같이 놀아주었다. 그래서 진이는 송이 누나를 많이 좋아했다. 길을 갈 때도 누가 손을 잡아도 뿌리치고 송이 누나 손을 잡고 쫄랑거리며 누나와 이야기를 하면서 길을 걸었다.

그런 진이에게 "이다음에 커서 무엇이 되고 싶니?" 물으면 언제든지 "경찰이요. 저는 경찰이 될 거예요." "경찰이 되어서 나쁜 사람들을 없애면 좋잖아요?" 한다.

"그래, 뭐든지 세상에서 제일 필요한 사람이 되는 거야."

어렵고 힘든 시간들이 지나갔지만 진이는 늘 씩씩한 모습으로 우리들의 희망이 되었다.

태권도를 좋아해서 다른 시간보다 태권도 가는 시간을 잊지 않고 꼭 챙겼다. 그런 진이가 또 다른 운동을 하면 좋을 거 같아서 축구교실에 보냈다. 역시 진이는 축구도 좋아한다. 축구팀에서 골을 넣은 날은 신이 나서 축구한 골을 넣었다고 자랑하고 다닌다.

네 아이들이 성장해서 송이가 중학교 2학년, 린이와 동이가 중학교 1학년, 진이가 4학년이다. 이제 제법 의젓한 소녀, 소년 티가 난다. 사춘기에 접어든 송이, 린이, 동이가 특별나거나 유별나지 않게 이 시기를 잘

넘겼으면 좋겠다.

올해 2021년에는 우리 집, 그러니까 아이들 외갓집에
새로운 동생이 태어났다. 완이다. 완이는 나이 차이가
많이 나는 막내 동생이어서 가족들의 관심의 대상이다.
이제 백일이 밖에 안 되었지만 또랑또랑한 눈망울로 마
주치는 얼굴들을 익히느라 바쁘다. 가족들이 어르면 까
르륵 웃으며 옹알이를 한다.
네 명의 외손주들은 외사촌 동생 완이가 신기해서 안
아 보고 싶어 한다. 진이는 안았다가 잘못될까 봐 안지
는 못 하고 얼굴만 만지작거린다. 그러는 고종사촌 형들
을 보며 완이는 까르륵 웃는다. 외할아버지 생신날 가족
들이 모여 왁자지껄 시끄러운 데도 울지도 않고 또랑또
랑한 눈빛으로 눈을 맞추며 옹알이를 한다.

나무들이 한껏 우거지고 초록이 빛나고 꽃들이 만발한
여름 마당이다. 세상과 동떨어진 땅에 있는 느낌이다.
린이와 진이가 외갓집에서 한 열흘 함께 지내다가 돌
아갔다. 한동안 집안에 아이들 소리 여운이 가시지 않
는다.

도심에서 태어나 도심에서 자라는 아이들이지만 그들의 먼 기억 속에 외갓집의 초록 자연과 꽃들이 기억에 남을 것이다. 유년의 푸르고 싱그러운 외갓집의 한 장면이 남아있을 것이다. ▨

꽃들이 피어나고

봄이 되면 밭에 무얼 심어야 손자 손녀들이 좋아할까 부터 생각한다. 옥수수, 참외, 수박, 토마토를 심는다. 밭에서 녀석들과 옥수수를 따고, 참외를 따고, 붉은 수박에 빠질 꼬맹이들을 생각하며 모종을 심는다. 상추, 쑥갓도 심는다. 그리고 마당에 여러 가지 꽃들을 심는다.

생각날까? 녀석들이 어렸을 때 물통 들고 호미 들고 꽃씨 심고 꽃에 물 주며 꽃밭 만들던 일. 풀 뽑고, 돌 고르며 사촌들끼리 어울려 놀던 일들이.

진이는 송이 누나만 졸졸 쫓아다니며 송이 누나와 꽃씨를 뿌린다. 해바라기 맨드라미 백일홍 봉숭아 등. 송이와 린이가 커다란 물 조리를 맞들고 조록 풀잎만 보닌 꽃인 줄 알고 물을 준다. 나는 그건 꽃이 아니라고 말하지 않는다. 꽃도 풀도 아이들에겐 꽃이 피는 꽃나무라는 희망이 있으니까. 땀을 뻘뻘 흘리면서 한 통씩 담아 물을 준다. 동이는 안 시켜준다고 삐지기도 한다. 꼬맹이들이 있는 우리 집이 꽃밭이다. 그해 우리 집 꽃밭이 제일 예뻤다.

외갓집에 오면 피어나는 꽃들과 푸르른 나무들이 너희들을 지그시 바라보는 걸 아니? 꽃들도 나무들도 착한 보물들을 알아차리고 좋은 향기와 맑은 공기를 흘려주는 걸 아니?

세상의 모든 할머니 할아버지들에게는 손자 손녀를 보고 싶어 하는 마음이 지갑의 카드처럼 가슴속에 있단다. 송이, 린이, 동이, 진이가 학교 수업이며 학원 수업까지 받느라 벅차다는 걸 잘 안다. 그래도 할아버지 할머니는 항상 꼬맹이들이 아프지 않고 무럭무럭 건강하게 자라서 꼭 이 세상에 쓸모 있는 사람이 되리라고 믿는다.

벌써 봄이 다 가고 있다. 이슬 내린 아침부터 남편은 밭에서 옥수수, 오이, 참외 등 먹을 수 있는 걸 따들고 온다. "아이들에게 나눠줘요."

딸들이 오지 않는 날은 주섬주섬 보따리를 챙긴다. 과일이며 상추, 쑥갓, 오이, 애호박, 김치 등 주변을 돌아다니며 눈에 보이는 건 다 챙겨 넣는다. 물론 직접 심고 가꾼 야채나 과일을 인스턴트식품에 길들여진 우리 꼬맹이들이 좋아할지 모르지만 신선하고 농약 없이 재배

한 좋은 식재료를 안겨주고 싶다.

마음같이 동화 같은 집이 잘 꾸며지지 않는다. 그렇게 꾸밀 특별한 재주는 없으니 그냥 자연스럽게 꽃들이 피어나고 나무들을 우거지게 만든다. 꽃씨를 받아서 뿌리고 꽃을 사서 심고 가꾼다.

그 속에서 손녀 손자들이 자연을 사랑하고 감수성이 풍부한 사람으로 잘 자라나서 소년소녀가 되고 청년이 되고 어른이 되고 또 그렇게 대를 이어갈 것이다. ◼

수박 맛있게 먹는 법

아침 일찍 밭에 나갔던 남편이 수선스럽게 현관문을
열며 "여보, 애들 다들 오라고 연락해요."

"왜, 갑자기요? 요즘 시장도 안 봐서 음식거리도 별로
없는데 뭘로 점심 차리라고요?"

"밭에 갔더니 수박이 다 익은 거 같아서 제일 큰 수박
하나 따왔지. 이렇게 큰 수박은 식구가 다 있을 때 잘라
야 해." 한다.

올해 처음으로 수박이 한 아름 크기로 열렸다. 날마다
들여다보고 두드려보며 익기를 기다리던 참이었는데 아
침 일찍 남편이 따 온 것이다.

자식들 좋은 거 함께 먹는다는데 싫다고 할 엄마가 어
디 있을까. 그렇잖아도 수박을 따는 날 아들딸 부르려던
참이었는데 잘 되었다 생각하며 딸들과 아들에게 연락을
한다.

"점심때 수박 먹으러 와라. 아빠가 아주 큰 수박을 따
오셨어."

식구들이 다 모였다. 시장을 못 보았으니 텃밭에 있는 재료들을 모으러 텃밭으로 갔다. 호박잎, 고추, 가지, 애호박, 오이, 감자를 주섬주섬 소쿠리에 따서 담았다. 돌아서려는데 싱그럽게 자라고 있는 씀바귀가 눈에 들어온다. '씀바귀도 오늘 밥상에 올라 한 사랑 받거라.' 하며 뜯어 넣었다.

부엌에서는 바쁘다. 호박잎을 찌고, 애호박을 볶고, 맛된장을 만들어 풋고추 곁들이고, 감자와 호박으로 끓인 된장찌개, 뚝배기에 끓이는 고추멸치뚝배기, 오이생채 그리고 상추, 씀바귀 등 푸성귀로 상을 차린다. 토끼 밥상이다. 사위랑 아들이 오랜만에 웰빙음식 먹는다며 좋아 한다. 점심상을 물리고 수박을 내놓았다.

"수박은 제가 자르겠습니다." 아들이 수박에 칼을 대자마자 '쩍' 소리를 내며 갈라졌고 온 집안 식구들은 '와' 하면서 갈라진 수박 쪽으로 모여들었다. 수박 속이 빨갛게 익어서 하얀 설탕처럼 곁들여 있다. 보기만 해도 수박이 얼마나 달고 맛 있을지 짐작이 간다. 빨간 속살에서 나는 시원 상큼한 향이 거실에 가득하다.

첫 조각을 엄마 아빠에게 맛을 보인다. 아주 달고 향기롭다. 조각조각 썰어서 가족에게 한 조각씩 돌린다.

문득 아들이 조카들에게 말한다. "너희들 수박은 어떻게 먹어야 맛있는 줄 아니?"

동이와 진이가 "알아요. 이렇게 수박을 뾰족한 끝에서 와작와작 씹어 먹으면 더 맛있어요."

"와, 그렇구나." "그런데 삼촌은 달라. 한 번 보여줄까?" 하며 아들은 커다란 수박 반의 반쪽을 등분도 내지 않고 그대로 커다랗게 썽둥 썰어서 보여준다.

"삼촌은 너희들 만할 때 이렇게 수박을 먹어야 먹은 거 같았어." 하며 커다란 수박을 하모니카 불 듯, 와작와작 씹어 먹는 시늉을 한다.

생각하니 그랬다. 할머니와 삼촌들까지 있어서 식구가 많은 우리 집에서 수박 한 통이 생기면 아이들은 겨우 한 쪽씩 들고 나오면 끝이었다. 어느 날 수박을 자르는 나에게 아들이 요청했다.

"엄마 나 수박 조각내서 자르지 말고 그대로 크게 잘라 줘 봐요." 했다.

식구는 많고 수박은 한정되어 있고 난처했는데, '에라 모르겠다.' 하고 등분도 내지 않은 수박을 썽둥 잘라 주었더니 "엄마 수박을 이렇게 먹고 싶었어요." 하며 큰 조각을 와작와작 씹어 먹었다. 가족들은 모두 배를 쥐고 웃

었다. 아들은 그때의 기억이 지금 새롭게 떠오르는 모양
이었다.

"삼촌은 말이야, 어렸을 때 작은 조각은 안 먹었어. 이
렇게 썰어서 먹어야 제 맛이 났거든." 하며 수박을 커다
랗게 잘라서 조카들에게 안겨준다. 이제 아이들은 수박
먹는 것도 시합을 하듯 재미로 먹는 것 같다. 네 아이들
은 시키지도 않았는데 마치 장기자랑이라도 하는 듯 한
쪽 벽에 나란히 선다.

"삼촌 이렇게요?" 하며 수박 물을 철철 흘리며 하모니
카 불 듯 수박을 먹는다. 아이들은 언제 봐도 천진난만하
다. 한 가족이 둘러앉아 두런두런 이야기하는 것도 좋지
만 아이들이 하는 짓을 보는 일 또한 즐겁고 행복한 일이
다. 이렇게 올해 수박밭에서 최고의 작품이 된 수박은 우
리 가족들에게 또 한 번 흠뻑 웃는 기쁨을 주었다. ■

외갓집 캠프

"여름방학 끝나기 전에 애들을 외갓집에 보내서 하룻밤 자고 가게 해라, 여름방학에 외갓집 추억을 만들어 주어야지."

나의 제안에 딸들이 승낙했다. 나는 예전부터 어떻게 하면 애들에게 외갓집에 대한 좋은 추억을 만들어 줄까 궁리해 왔다. 사실 딸들이 가까이 사니 집에서 손자 손녀들과 함께 자는 경우가 드물었다.

손자 손녀들이 학원과 공부방 쉬는 날을 정해서 계획을 짰다. 아이들이 밖에서 캠프하는 형식의 1박2일 프로그램으로 제목은 "외갓집 캠프'라고 붙였다. 캠프 동안 아이들에게 인스턴트 식품은 주기 않기로 했다. 감자, 옥수수, 참외, 수박, 토마토 등 직접 기른 과일과 채소 그리고 그것들을 재료로 한 부침을 주기로 했다. 이것저것 준비하면서 아이들이 잘 따라줄지, 잘 먹어줄지 걱정이 앞섰다.

자동차를 몰고 딸들 집에 가서 아이들을 데리고 나왔

다. 아이들과 먼저 해야 할 일은 꽃집에서 꽃모종을 사는 일이었다. 한여름이라서 꽃집에는 꽃모종이 없다. 모종 포트에 들어있는 허브 몇 포기와 늦은 감이 있지만 백일홍, 과꽃, 해바라기 씨앗을 샀다.

집에 도착하자마자 집안으로 들어가려는 아이들을 말리고 꽃밭으로 데리고 갔다. 꽃밭에 자리를 정해주고 모종을 심고 꽃씨를 뿌리게 했다. 아이들은 뿌린 씨앗이 움터서 자라고 꽃이 핀다면 큰 기쁨을 느낄 것이다. 그러면서 자연에 대한 관심을 갖게 되고 자연을 알아가고 자연을 눈여겨 바라보게 될 것이라는 생각에 첫 번째 일정을 만든 것이다.

외갓집 캠프를 하는 동안 각자 닉네임을 정하고 닉네임으로 부르기로 했다. 송이는 '센스', 린이는 '햇살', 동이는 '4차원 대장' 진이는 '우리들의 왕자'로 정했다.

'골든벨 꽃 이름 알아맞추기'를 하면서 아이들이 함께 호흡하는 분위기를 만들었다. 골든벨 왕에게는 특별한 선물이 있다고 하니 아이들이 아주 적극적이다. 보고 들은 꽃 이름들이 다 나온다. 분명 다 안다고 했는데 차례가 되면 꽃 이름이 잘 떠오르지 않았고 자기가 하려고 했던 꽃 이름을 다른 사람이 말하면 아쉬워한다.

'동물 가족 만들기'를 하면서 아이들이 가족들과 지내고 있는 상태를 살피게 되었다. '아름다운 나'를 하면서 스스로에게 자긍심을 갖도록 해주었다. 아이들은 프로그램을 지루해 하지 않고 잘 따라주었다.

밤에는 마당에 누워서 별을 보여주고 싶었다. 마당에 자리를 깔고 앉았으나 모기가 달려들어 포기하고 거실에 모였다. 빔프로젝터를 설치하고 한 쪽 벽면을 스크린 삼아 애니메이션 영화를 보았다. 영화를 보는 중에 남편이 따온 옥수수와 단호박을 쪄서 한 소쿠리 갖다 놓았다. 아이들은 옥수수를 뜯으며 영화 속 동화 나라에 빠졌다. 한 사람씩 일어나 이를 닦게 하고 사촌들끼리 나란히 누워서 영화를 보았다. 영화를 보다가 자신도 모르게 스르르 잠이 든다. 그 밤은 그대로가 잠자리였다.

다음날. 아침식사 전에 '꽃밭 돌아보기'로 피어나는 꽃들을 보여주었다. 백일홍이며 나팔꽃들이 아침이슬을 머금고 피어나고 있다. 아이들은 피어나는 꽃들을 보며 환성을 지른다.

"꽃이 아침에 피는 거예요?"

"그래, 꽃들은 부지런해서 해가 떠오르기 시작하면 꽃잎을 연단다." "이 족두리 꽃을 봐, 어제 꽃잎들이 다 졌는데 아침에 새 꽃잎을 열고 있잖아."

동이는 발에 물이 묻었다고 울상을 하며 발을 털어 낸다.

"동이야, 그건 물이 아냐, 이슬이야."

"이슬이 뭐예요? 밤에 비가 내린 것처럼 왜 꽃들에 물이 묻어 있어요?"

"응, 이슬은 공기 중에 수증기가 내린 거야, 비가 안 와서 식물들이 목마를 때는 물 한 모금 같은 이슬이야."

아침 꽃밭에 여러 가지 꽃들이 피는 모습이 신선하다. 촉촉하게 이슬까지 내린 꽃밭에서 신선함을 예민한 감각으로 느꼈을 것이다. 아침 식사를 하고 오전에 몇 가지 더 한 후 아이들의 하이라이트인 물놀이를 했다.

마당에 물놀이장을 설치하고 물놀이를 하는데 사촌들끼리 물속에서 세상이 떠나가라 소리를 지르고 웃고 떠든다. 시장기가 들면 뛰어나와 감자와 옥수수를 먹고 또 들어간다.

물속에서 놀 때는 큰애, 작은애 가릴 것 없이 모두가 똑같다. 진이는 송이 누나를 좋아해서 송이만 쫓아서 한다. 송이 또한 진이를 잘 데리고 논다. 나이가 똑같은 린이와 동이는 죽이 잘 맞아서 같이 잘 논다. 아이들 노는데 끼어들 틈이 없다. 다만 한 쪽에서 지켜볼 뿐이다. 남편은 밭에서 수박을 따와 아이들 수영 끝나면 먹으라고 물속에 담가둔다.

아이들은 지칠 줄 모르고 놀더니 하나 둘 물 밖으로 나오면서 물놀이는 끝났다. 모두들 씻고 수박을 먹었다.

노는데 신이 난 아이들은 "외갓집에서 1박2일은 너무 짧아요." 한꺼번에 항의 중이다. 송이는 "할머니, 아빠 엄마에게 허락받으면 하룻밤 더 자고 가도 되죠?" 한다.

"당연, 당연하지 우리 손주들, 하룻밤 더 자고 가면 할아버지 할머니는 아주 행복하겠다." 하자 아이들은 자기 부모들에게 전화를 한다. 이렇게 해서 1박 2일이 2박 3일이 되었다. 저녁에 딸들이 한꺼번에 몰려왔다. 아들은 조카들 모였다고 피자와 치킨을 사 들고 왔다.

"조카들 이걸로 포식시켜주세요." 한다. 나는 어이가 없어서 "애들 있는 동안 집에서 나는 자연 음식만 먹인다고 했잖아." 말도 채 끝나기도 전에 아이들이 환호성을 지른다.

"삼촌, 감사합니다. 나는 피자 먹을래요." 하며 동이가 달려들자, 진이도 덩달아 "나도 피자." 하며 달려든다.

"에구, 잘 되었다. 애들이 좋아하면 되지 뭘 바라겠니? 우리 아들 잘 했다."

"제가 조카들 마음 다 알고 있잖아요. 야, 너희들 삼촌이 사랑하는 거 알지?" 하며 조카들과 한통속으로 어우러진다. 아이들이 좋아하는 걸 보며 딸들도 흐뭇해한다.

밤에는 온 가족이 거실에 모여 애니메이션 영화를 봤다. 아이들은 제 엄마들이 옆에 있으니 마음이 푸근해서인지 온종일 물놀이에 지쳐서인지 이내 잠이 들고 말았다.

다음날은 아이들이 좋아하는 물놀이를 오전부터 했다. 주말이어서 딸들이 엄마 아빠가 애들 뒷바라지하기 힘들다며 점심 준비를 해 와서 온 가족이 함께 점심식사를 했다. 식사 끝나고 수박을 먹으면서 '외갓집 캠프 소감 말하기'를 끝으로 외갓집 캠프는 막을 내렸다.

손자 손녀들이 가고 난 집이 적막하다. 하지만 집안 어느 곳에서든 아이들의 향기와 재잘거림과 키득거리며 웃는 소리가 배어있다. 아이들의 기억 속에도 어린 날 외갓집에서 사촌형제들이 모여 웃고 뛰놀던 기억이 오래동안 남아있을 것이다. 옛날이 그리운 어느 날 문득 오늘의 풍경이 살아날 것이다. ◼

곰삭은 고추장처럼

황사철이라고 하지만 요즘 며칠째 화창한 아침이다. 엊그제는 개구리가 나온다는 경칩이었고, 7일은 음력 정월 그믐날이었다. 예전에 어머니는 정월 그믐께면 간장 고추장을 담그시느라 분주하셨다. 장 담그는 날은 음력 정월 말날이거나 정월 그믐 손 없는 날 담그면 좋다고 하셨다. 어머니처럼 나도 정월 그믐날은 장 담그는 날이다.

남편은 아침 일찍 서두르는 내게 무얼 도와주느냐고 묻는다. "간장을 담그려면 어디 좋은 곳에서 좋은 물을 떠왔으면 좋겠네요." 하니 남편은 금방 어디론가 사라지더니 한참 후에 물을 세 통이나 차에 싣고 나타났다. 물 한 말에 소금 세 되 비율로 물 두말에 소금을 풀어 가라앉혀 두었다.

먼저 고추장은 묽은 조청에 고춧가루와 메줏가루를 넣고 적당히 간을 맞추어 만든다. 맛있는 고추장을 만들려면 다년간의 경험이 필요하다.

딸들과 아들은 시중에서 파는 고추장에 길들여져 있어

서 그 고추장이 달콤하고 메주냄새가 나지 않아서 좋다고 한다. 집에서 아무리 좋은 재료로 고추장을 만든다 하더라도 식구들이 좋아하지 않으면 아무 소용없는 일이어서 신경을 곤두선다.

전날 찹쌀에 엿기름을 넉넉히 넣어서 식혜를 만들고, 건더기를 걸러 내고, 오랫동안 끓여 묽은 조청을 만들었다. 펄펄 끓는 조청에 메줏가루를 넣어 메주 냄새를 최대한 줄였다. 그리고 지난여름 딴 살구로 만든 효소액을 넣어서 특별한 맛을 내도록 했다.

고추장은 간도 잘 맞아야 하고 묽기도 잘 맞아야 한다. 큰 나무주걱으로 저으면서 간과 농도를 잘 조정하도록 신경을 쓴다. 한나절이 넘도록 정성 들여 고추장을 만들었다. 고초장이 빨갛고 곱게 잘 되었다.

이젠 간장을 만든다. 장독대에 먼저 가라앉은 소금물을 간장항아리에 떠다가 넣고 메주를 띄우고 깨끗한 숯 그리고 마른 고추와 참깨를 띄웠다. 혹시나 간이 약하면 간장이 변한다. 달걀 한 개를 띄워서 동동 뜨는지 보아 최적임을 확인한다. 마침내 올해 간장이 완성되었다.

고추장은 조금 작은 항아리에 담았다. 시집간 딸이며 주고 싶은 사람에게 주려고 몇 군데 나누어 담았다.

새로 옮긴 장독대가 어수선하다. 묵은 간장항아리며 된장항아리, 고추장항아리를 차곡차곡 정리했다. 장독대를 돌아보니 마음이 든든하다.

봄이 오면 꽃들을 심어 예쁜 장독대를 만들 것이다.

아침에 장독 뚜껑을 여는데 아침 햇살이 화창하다. 이 햇살 속에서 아주 잘 곰삭은 간장과 고추장이 되어 우리 가족들의 일 년 입맛을 돋구어 줄 것이다. ▉

가족이 있는 김장 풍경

밭에는 한 겨울 우리 집 식단을 책임질 김장을 위한 채소가 싱싱하게 자라고 있다.

남편은 배추를 뽑으며 유난히 큰 배추를 뽑을 때마다 감격스러워한다. "햐, 그 녀석 잘도 자랐네, 거름 주면 제때 거름기를 잘 빨아들였구먼." "장마가 계속되어서 비가 잠깐 멈춘 사이 배추를 심었는데 잘 자라 주어서 고맙다." 남편은 배추를 착한 아이 대하듯 쓰다듬으며 대견해한다.

잠시 틈을 내서 밭으로 온 아들과 함께 배추를 다듬고 마당으로 날랐다. 130포기가 산더미 같다. 배추가 절여지도록 소금을 뿌려 가며 차곡차곡 통에 담는다. 셋이서 하는 일이라 훨씬 수월하다.

저녁에는 퇴근한 아들과 사위와 딸들이 와서 무를 썰었다. 사위와 아들이 팔을 걷어붙이고 양념을 버무렸다.

김장하는 날, 새벽잠 없는 남편이 일찍 일어나 절여놓은 배추를 손질하고 있었다. 그런 아빠의 부지런함에 아들과 딸들이 동이 트기 전에 일어나 마당에 전깃불을 켜고 배추를 씻었다.

젊었을 때는 남편이 음식을 만든다거나 주방 일을 도와준다거나 하는 일은 생각할 수 없는 일이었다. 그런 남편이 하나하나 챙겨서 도와주니 고맙기 그지없다.

"젊었을 때 그렇게 해주었으면 얼마나 좋았을까요? 식구가 많아서 300포기 넘는 김장을 할때도 손 하나 까딱 않더니, 그때도 지금처럼 도와주었으면 얼마나 좋았을까요. 지금이라도 도와주니 고마워요."

"그때는 밖에서 하는 일도 많았지만 내가 부엌에 들어오면 어머니가 불편해 하시니 함께 못 거들었지. 이제라도 거들어 주니 된 거 아닌가? 지난 일은 다 잊게나."

"그래 엄마, 이제는 우리들도 있잖아요." 딸들과 아들이 이구동성으로 아빠를 감싼다. 옛날 이야기라고 하지만 소외당하는 느낌이 들기도 한다. 사실 지금은 웃으며 하는 이야기지만 지금 생각하면 누고 두고 속상한 일이었다.

배추를 다 씻고 아침 식사를 하는데, 친정 엄마와 동생, 친구들, 당숙모, 사촌 형님, 고종사촌 형님, 앞집 아주머니, 오촌 조카며느리들까지 들어선다.

"아니, 배추를 같이 씻지 왜 벌써 씻어놓았어?"

"네, 올해는 좀 편하게 하시라고 아들과 딸들이 새벽같이 일어나서 씻었네요. 커피나 한 잔씩 드시고 배추에 양념이나 넣어주세요."

아침 햇살이 좋아서 마당에 자리를 펴고 일을 시작했다. 아들과 사위가 버무려놓은 양념이 아주 새빨갛고 먹음직스럽다. 심고 가꾸어 햇볕에 말린 태양초 고추라서 그런 듯했다. 여기저기 김치통이 채워졌다.

딸들이 삶아놓은 수육을 접시에 담아 내왔다. 김장하던 손으로 배추 잎에 양념과 수육을 얹어서 먹는 맛이란 비할 데가 없다.

눈치 빠른 사위는 언제 막걸리를 사 왔는지 막걸리를 권하고 있다. "뜨끈한 보쌈에는 막걸리가 최고예요. 드시고 하세요."

막걸리를 좋아하는 오촌 당숙모는 그런 사위가 좋으신 것 모양이다. "자네가 대접할 줄 아네, 어떻게 내가 막걸리를 좋아하는 줄 알았나? 자네도 한 잔 하게." 하며 웃는다.

김장을 하면서 나누지 못했던 이야기를 하느라고 시간 가는 줄 모른다.

오촌 당숙모는 "올해 자네네 김장이 제일 맛있겠네.

남정네들이 다 나서서 했으니, 맛이 없을 리 있나." "김장이 익으면 각자 집에서 한 포기씩 가져와서 밥이나 먹세." 하신다.

"네, 그렇게 하세요. 밥은 제가 하겠습니다."

그렇게 김장은 끝나가고 있었다. 아들과 사위가 한쪽에 날라다 쌓은 김치통이 수북하다. 그렇게 쌓인 김치통들을 보니 부자가 된 듯하다.

이제 김장 김치는 각자의 집으로 가서 잘 익어 식구들의 입맛을 돋구는 일만 남았다. 김치가 입맛을 책임지고 있으니 올겨울 식단은 걱정할 필요가 없을 것이다.

남편은 아들과 사위에게 김치통을 그늘 진 곳으로 옮기라고 한다. "자연 상태에서 익은 김치가 맛이 있으니 이삼일 지난 후에 가져 가거라."

남편의 말이 맞는 말이다. 바람이 드는 자연적인 그늘에서 이삼일을 두었다가 김치냉장고에 넣으면 맛이 더 좋다.

온 식구들이 함께 모여 담는 김장은 최고의 양념이 되어 더할 나위 없이 맛있는 김치가 될 것이다. 온 식구들이 매콤달콤 맛있는 겨울을 보낼 것이다. ■

세뱃돈 거부하다

"내일은 다들 뭐가 드시고 싶으신가?" 의견을 묻는 글을 가족 단톡방에 올렸다.

'갈비 주세요.' '오징어초무침이요.' '김치찜이요.' '뭐 깔끔한 거 없을까요?' '어제 명절에 과음 과식을 했더니. 아무 것도 안 당겨요.' 등 답이 다양하다.

외가라 명절이 되면 설날 다음날이 되어야 가족들이 모인다. 자식들 먹고 싶은 음식을 하려고 물었더니 깔끔한 것을 먹고 싶다는 의견이 많다.

점심시간에 가족들이 모였다. 오늘 메뉴는 황태콩나물해장국, 갈비찜, 김치찜, 오징어초무침이다.

김치찜은 명절 음식들로 느끼해진 위장을 매콤 깔끔하게 마무리하기 좋은 음식이고 아들과 둘째 사위가 좋아하는 요리다. 황태콩나물해장국은 설날에 과식이나 과음했던 속을 좀 풀기 위한 것이다. 손주들을 위해서는 갈비찜을 준비했다.

92세 된 시어머니는 점심식사를 기다리셨다며 밥이

며 국을 한 그릇씩 뚝딱 해치우신다. 밥을 잘 안 먹던 아이들도 여러 식구들이 함께 모이니 모두 한 그릇씩 뚝딱 해치운다. 아들과 사위와 딸들은 어제 기름진 음식을 먹어서 속이 거북한데 매콤한 김치찜을 먹어서 입맛이 개운해서 좋다고 한다. 음식을 준비하느라고 신경을 썼는데 음식 그릇이 깨끗하게 비워지니 음식을 만든 보람이 있다.

상을 물리고 세배를 한다.

손주들은 하나같이 "건강하게 오래오래 사세요." 하며 세배를 하고, 어른들은 "건강하게 공부들 잘 해라." "부모님 말 잘 듣고 건강하게 공부들 잘해라." "친구들과도 잘 놀고 좋은 친구 사귀고 열심히 공부해라." "올해는 하고 싶은 거 다 하고 그냥 씩씩하고 건강하게만 자라라." 등 덕담을 한다.

손주들은 세뱃돈 받는 재미에 외갓집의 증조할머니, 할아버지, 할머니, 큰이모, 작은이모, 외삼촌까지 돌아가면서 넙죽넙죽 세배를 한다. 세뱃돈을 주머니에 차곡차곡 챙겨넣으며 신이 나서 저희들끼리 주머니를 보여주며 희희낙락이다.

삼촌은 윷놀이를 조건으로 걸었다. "자, 오늘 삼촌이

세뱃돈을 주는 건 이긴 팀에게는 3만 원씩이다."

"그럼 진 팀은 세뱃돈 안 주나요?" 진이가 되묻는다.

"아, 그렇지. 그럼 진 팀은 세뱃돈 1만 원이다."

3만 원과 1만 원 사이에 희비가 엇갈리겠지만 모두 찬성을 하고 윷놀이가 시작되었다. 큰딸네 린이와 둘째딸네 동이가 한편이고 둘째딸네 송이와 큰딸네 진이가 한편이다.

게임하는 내내 웃음소리가 집안에 가득했다. 딸들과 사위들이 신이 나서 응원을 한다. 삼촌은 훈수를 두고 아이들이 의견을 모아 윷판의 말을 놓는다.

송이는 항상 신중하게 윷가락을 가지런하게 해서 던진다. 그래서 그런지 윷이나 모가 잘 나온다. 린과 동이는 개와 도만 나오니 송이 팀을 못 쫓아간다. 동이와 린이도 송이처럼 윷가락을 가지런히 모아서 던져보기도 하는데 여전히 개가 아니면 도다. 동이는 얼굴이 빨개져서 안타까워한다. 어쩌다 윷이 나오면 "윷이야, 이거 봐, 나 윷 나왔어, 모나, 윷이 한 번만 더 나오면 누나를 따라잡을 거야." 한다.

아이들이 일어났다 앉았다 하며 모나 윷이 나오거나 말을 잡으면 신이 나서 거실을 경중경중 뛰면서 좋아

한다. 말이 먹히거나 뒤지면 시무룩해하면서 떠들썩하다.

첫 판에 동이와 린이가 졌다. 진이의 세리머니가 화려하다. 동이와 린이가 다시 하자고 우긴다. 송이와 진이는 들은 척도 안 한다. 가족들은 그 모습을 보며 웃기만 한다. 동이와 린이에게 삼촌에게 말을 잘 해보라고 한다. 동이가 삼촌에게 다시 윷놀이를 할 수 있게 해 주면 삼촌이 시키는 것은 다 하겠다고 삼촌을 설득해본다.

"삼촌에게 졸라봐야 소용없어. 승자인 송이와 진이를 어떻게 해서라도 설득해 봐.""설득이 될 때까지 너희들 생각을 총동원하는 거야."

송이는 방글방글 웃기만 한다.

윷놀이에서 진 린이와 동이가 '장난감을 줄 테니 한 판 더 하자.' 하고 제안을 한다.

"안 돼, 게임은 게임이니까, 규칙대로 해." 송이가 단호하게 말을 하자 진이는 장난감에 눈독을 들이면서도 "그래, 난 장난감 안 가질 거야." 한다. 그러자 린이가 "그럼 이거 놀이 카드를 줄게." 린이가 뭔가를 더 주겠다지만 승자들은 고개를 저을 뿐이다. 그러더니 송이와 진이가 조건을 건다. "장기자랑을 해봐, 우리 가족들이 다 웃으면 윷놀이 한 판을 더 할게."

이렇게 해서 장기자랑 시간이 되었다. 동이는 태권도 시범을 보였지만 송이와 진이의 마음을 얻지 못하고, 다시 춤과 노래를 부른다. 린이가 춤을 추면서 노래를 예쁘게 불러 박수를 받았다.

다시 윷놀이는 시작되었다. 린이와 동이가 얼굴이 상기되어 윷을 던진다. 주거니 받거니 앞서거니 뒤서거니 잡히더니 다시 역전이다. 여전히 송이는 모가 잘 나와서 윷판을 쭉쭉 끌고 나간다. 동이와 린이는 여전히 개가 아니면 도가 나오기 일쑤다. 동이 얼굴이 점점 시무룩하다. 결국은 송이네가 또 이겼다.

삼촌이 송이와 진이를 부른다. "너희들 오늘 윷놀이 규칙을 지키면서 아주 잘했어." "게임의 원칙대로 송이와 진이는 3만 원씩이다."

송이와 진이가 상금을 받고 온몸으로 세리머니를 펼친다.

이번에는 진 팀을 부른다. "너희들은 게임의 규칙대로 1만 원씩이다, 내년에는 너희들이 더 잘해 보아라."

모두 이 풍경을 잠잠히 바라보고 있는 그 순간, 갑자기 집안에 웃음보가 터졌다. "앙!" 하고 동이가 대성통곡을 한 것이다. 닭똥 같은 눈물을 뚝뚝 떨어트리며 세뱃돈을 안 받겠다고 세뱃돈을 거부하는 사태가 벌어졌다.

삼촌이 조목조목 따진다. "왜 우는지, 이유를 충분히 설명해 봐. 납득이 가면 동이가 원하는 대로 해줄게."

"삼촌, 이건 공평하지 않아요. 세뱃돈을 그렇게 주는 건 잘못된 거예요." "우리도 삼촌에게 깍듯이 세배를 했잖아요."

"그래? 그럼 윷놀이할 때 조건은 왜 걸었지?" "그럼 내년에 윷놀이를 해서 동이네가 이겨도 공평하지 않다고 할 거야?"

"이런 공평하지 않은 게임은 하지 않을 거예요." 무엇이 공평하지 않은 건지 동이는 세뱃돈 금액에 대해서 너무 억울하고 기분이 안 좋다고 연신 투덜댄다.

이렇게 우리 집 설날은 웃음과 눈물, 희비가 엇갈렸지만 모두 한바탕 배를 쥐고 웃어 넘기는 즐거운 날이었다.

한 가족이 모여서 뭔가 호흡을 하면서 함께 웃고 유대

감을 느낄 수 있는 것. 아이들 재롱에 어른들의 낯이 펴지는 것. 이것이 명절이다. ◼

겨울여행
—겨울바다

 딸이 뜻을 세우고 힘들게 공부한 일이 성공적으로 끝나자 속초에 있는 펜션을 예약하고 가족여행을 갔다. 일가족 열 명이 속초로 향했다.

 속초에 닿자 딸들은 아이들에게 겨울 여행의 백미를 보여주겠다며 워터파크를 먼저 가자고 한다.

 오늘따라 날씨도 추운데 수영장에를 가도 좋을지 걱정이 앞선다. "아니, 이 추위에 아이들 감기라도 들면 어쩌려고 그러니?"

 "엄마 아빠도 같이 가요. 아이들이 수영장에 가고 싶다고 하네요."

 "우리는 추워서 안 갈테니 너희들이나 잘 놀다 오너라. 우리는 동해의 겨울바다나 보러 가는 게 좋겠다."

 사실, 물놀이장에 갈 준비를 하지 않았고 이 추위에 물에 들어갈 생각을 하니 마음이 끌리지 않는다. 딸들은 함께 가자고 하지만 섭섭해 하는 걸 진정시키고 남편과 밖으로 나서는데 아들이 쫓아 나선다.

"얘 너도 수영장에서 놀지 왜 쫓아와?"

"에이, 이 아들은 추울 때는 물에 들어가기 싫답니다. 아빠 엄마랑 속초나 즐기겠습니다." 하며 잠시 인터넷 검색을 하더니 앞장선다.

"오늘 두 분의 시간은 제가 좀 성가시게 하겠습니다. 괜찮겠지요?" 검푸른 파도가 넘실대는 속초 해안을 달린다. 바다와 백사장을 따라서 달리면서 바다를 흠뻑 느껴보라고 한다.

오랜만에 마주하는 바다는 바라보기만 해도 마음이 넓어진다. 바다가 뭐라고 하지 않는데도 속이 후련하다.

남편도 모처럼 마주 선 바다가 흡족한가 보다. "바다를 보니 걱정거리를 다 잊어버리는 것 같다."

남편의 말에 아들은 "아빠도 옛날엔 문학청년이셨나 봐요."

"그럼 젊을 때 한 번쯤 생각 안 해본 사람이 있겠니?"

아들은 차를 몰아 백사장이 앞에 펼쳐진 카페 앞에 멈추면서 바다를 가리킨다.

"두 분은 이곳에서 바다를 만끽해 보시는 건 어떠신지요?" "차 한 잔씩 들고 벤치에 앉아서 바다에 흠뻑 빠져보셔요"

카페의 문은 일반 카페와 똑같았는데 문을 열고 들어서
자 바다를 향해서 초록 인조잔디가 넓게 깔려있고 철조망
너머 백사장이다. 그리고 넓게 펼쳐진 짙푸른 바다다.

"엄마가 딱 좋아하는 풍경이네요." 아들이 엄마의 취
향을 알고 말한다. 부부가 한가롭게 바다를 바라보며 마
주 앉았다. 부부가 마주하고 있는 일이 당연한 일인데 우
리들은 생소하다. 이러한 생소함이 없어야 부부가 행복
하게 사는 것이란 걸 빤히 알면서도 그렇게 하지 못하고
살아왔다.

남편은 할 일 없이 앉아서 바다만 바라보는 일이 부자
연스러운지 바다를 왔다 갔다 하거나, 잠깐 나가 담배를
피우고 온다거나, 화장실을 다녀온다.

검푸른 겨울바다의 파도가 한꺼번에 몰려와 하얗게 부
서진다. 우리들 삶에도 파도처럼 희비를 넘나들었던 일
들이 수없이 많았다. 떠오르고 잠잠하다 다시 떠오르며
오늘까지 살아왔다. 남편은 연이어 부서지는 파도를 바
라보며 그런 옛날이 생각나는지 묵묵히 바다만 바라본
다. 그의 주름진 얼굴에 밀려오는 파도의 물결이 어린
다. 이 순간을 놓칠 새라 아들이 찰칵거리며 카메라 셔터
를 눌러댄다.

"두 분 무슨 생각들을 그렇게 골몰히 하셔요? 간단하게 하시고요. 우린 다음 코스로 넘어가는 게 어떨까요?"

너스레를 떠는 아들은 우리들의 손을 이끌고 자동차에 오른다. ▪

겨울여행
—서점을 즐기다

손자 손녀들까지 10명이 함께하며 한 공간에서 복닥거리다 보니 그간 떨어져 살아온 거리가 좁혀진다. 결혼한 딸들과 아들이 바쁘게 살다 보니, 강 건너 불구경하듯 아이들 소식을 들으며 살아왔다. 이따금 전화로 안부를 물으며 아이들이 잘 자라고 있구나. 공부하고 잘하고 있구나. 무슨 일이 있구나. 소식만 알고 지냈는데 아이들과 함께 웃고 떠들다 보니 궁금하던 일이 어느새 사라진다. 그렇게 가족이 탄탄해진다.

둘째 날 가족이 첫 번째 들리는 장소는 속초에서 유명한 서점 '문우당'이다. 여행에서 문우당 들리는 것은 의미 있는 기억이다. 아침나절이라 서점은 한산하다. 우리 가족 열 명이 서점에 들어서자 사람들로 꽉 찬 느낌이다.

큰딸과 작은딸은 아이들에게 말한다. "각자 읽고 싶은 책을 골라서 읽는 시간이다. 좋아하고 관심 있는 책을 골라서 읽어보고 사고 싶은 책을 가져 와라."

그러자 남편이 나선다. "책값은 할아버지가 계산할 테니까, 아빠 엄마에게 승낙받고 할아버지에게 가져 와."

아이들은 이 말에 신나서 흩어진다. 처음에는 엄마 아빠를 쫓아다니던 아이들도 점점 홀로 떨어져서 책을 고른다.

이곳 문우당은 젊은 부부가 작은 평수에서 서점을 하다가 속초중학교가 다른 곳으로 옮겨가면서 문우당이 자리 잡았다고 한다. 인터넷으로 책을 구입하는 시대에 올곧게 서점을 지키고 있는 이분들이 대단해 보인다.

서점을 하면서 시낭송회, 토론회 등 다양한 이벤트를 할 수 있는 공간이 있다.

서점 중앙에 '속초 작가' 코너가 있어서 속초에 사는 작가들의 서적을 한눈에 볼 수 있다.

속초 인구수 8만여 명 중에 문우당 회원이 3만여 명이라고 하니 문우당의 유명세와 속초 사람들의 문화수준을 가늠할 수 있었다.

서점을 곳곳마다 살피는 동안 아이들은 짝을 지어 자리에 앉아 책을 읽는다. 진이는 송이와 앉아서 만화책을 읽고 동이와 린이도 나란히 앉아 동화책을 읽고 있다. 사위와 딸들은 전문 서적을 골라 읽는 모양이다.

1층과 2층으로 된 서점이 그리 크지는 않아서 우리 가족 열 명이 서점의 풍경이 되고 있었다.

나는 『프란츠 카프카의 단편집』과 『르네 마그리트』를 집어 들었고, 손자들에게 줄 『15소년 표류기』, 『만화 로마사』, 『오즈의 마법사』, 『열네 살의 철학』을 골라 들었다. 계산대 근처에 있는 남편에게 책을 내밀었다.

"나도 이 책 사줘요. 아이들에게 줄 책이에요." 하자 남편은 웃으면서 "선물은 선물 주는 사람이 돈을 내야지." 하면서 계산을 해준다.

각자 관심 있는 분야의 서적을 찾아 독서를 즐기고 있던 손자들도 하나 둘 책을 들고 나타났다. 남편은 손자들에게 책을 안겨주는 일이 즐거운지 연신 흡족해 한다. 오랫동안 아이들과 문우당에서 책을 고르며 책을 읽던 풍경이 지워지지 않는다.

문우당이 아이들을 위한 공간이라면 다음에 들리

는 장소는 어른들을 위한 공간이어야 한다면서, 속초 여행에서 빼놓을 수 없는 곳 '칠성조선소'로 핸들을 들렸다. 나는 칠성조선소라고 해서 배를 만드는 작업장 쯤으로 생각했으나 지금은 조선소의 역할을 못하는 폐조선소였다. 60년대까지만 해도 목선을 만들던 조선소로 규모가 그리 크지 않은 편이었다고 한다.

지금은 박물관 개념으로 전시를 하는 공간이다. 배를 만들던 흔적들이 여기저기 널려있다. 배를 만들던 사람들이 일하던 흔적들을 따라가면 바로 바다가 발에 닿는다. 이곳에서 인기 있는 곳은 공간 한쪽에 자리하고 있는 카페다. 차를 주문하러 갔다.

허술한 공간이지만 평일인데도 많은 사람들이 줄을 서서 주문을 기다린다. 주문한 커피나 케이크가 나오면 각자 편하게 알아서 자리를 잡고 차를 즐긴다.

우리는 마실 것을 들고 바다가 있는 공간에서 바다를 바라보고 차를 마시면서 폐허가 된 조선소를 즐겼다. 아마도 사람들이 이곳을 좋아하는 것은 폐조선소가 신기한 것도 있지만 이 폐허가 된 풍경 속에서 옛것의 정취를 통해 옛날을 느끼기 위함이 아닐까.

1박 2일 겨울 속초여행. 여행은 서로의 마음을 끈끈하게 이어주는 어떤 힘이 있다. 그동안 뜸했던 가족이라는 관계가 탄탄해진 순간들이었다. ◼

벌판을 뛰는 아이들

이왕 할머니일 바에야 톡톡 튀며 아이들 눈높이 맞추는 할머니여야겠다. 그게 아이들 만나면 떠오르는 생각이었다.

봄방학 동안 손주들을 돌봐달라는 딸들의 부탁을 받았다. 며칠 동안 손주들이 공부하고, 학원엘 가고, 노는 것을 지켜보는데, 그야말로 다람쥐 쳇바퀴 돈다는 말이 실감이 날 정도였다. 짜여 진 규칙에 맞춰 손주들은 아무렇지도 않게 따를 뿐이었다.

"야, 너희들 나가서 놀 줄도 모르니?"

"놀이터에 갈 때는 엄마랑 같이 가야 해요."

"그럼 엄마 아빠 없으면 놀이터도 못 가는 거야?"

"네, 혼자 나가면 안돼요."

이것이 도시의 현실이다. 옛날에 내가 아들딸들을 기르던 때가 생각났다. 그러니까 마을에는 넓은 들판과 언덕이 있어서 춥거나 덥거나 아이들은 마음대로 뛰어 놀았다. 옛 생각을 하니 집안에서만 노는 아이들이 측은해졌다.

핸드폰 게임하고 TV만 보던 아이들이 밖에서 할 수 있는 게 있을까? 숨이 차도록 헉헉거리며 맘껏 뛰놀게 할 방법은 없을까? 추운 날씨지만 추운 걸 이겨내고 뛰놀 수 있는 것으로 공차는 일이 떠올랐다.

네 아이가 한데 어울려 공을 차는 풍경이 그려졌다. 저희들끼리 호흡을 맞추고 굴리가는 공을 따라가다보면 저절로 운동이 될 것이다. 아이들에게 공차기를 시키기로 했다. 딸들은 아이들이 감기 걸린다고 밖으로 데리고 나가는 것을 반대했지만 강행하기로 했다.

봄방학이 끝나가는 어느 날, 아이들을 데리고 갯골생태공원으로 갔다. 중앙에는 잔디가 넓게 깔려있어 아이들이 뛰어놀기 좋았다.

한산하고 바람이 차고 쌀쌀한 늦겨울이었다. 이따금 그곳을 지나는 아이들이 있을 뿐 사람은 별로 없었다.

그 벌판에 아이들 네 명을 내려놓았다. 그리고 공을 차라고 발로 공을 뻥 차 주었다. 누구랄 것도 없이 아이들이 공을 쫓아 뛰었다.

그 순간부터 아이들에게 잠자고 있던 세포들이 깨어났다. 발에 힘이 생기고 온몸으로 바람과 맞서며 뛰었다. 공을 따라 얽히고 공을 잡으려고 발에 걸려 넘어지기도 했다.

공은 주로 동이와 린이 사이에서만 왔다 갔다 했다. 진이가 공을 쫓아가기도 전에 동이가 공을 받아서 린이에게 넘겨준다.

이래서는 안 되겠다 싶어서 뛰는 아이들을 불러 모았다. "자, 넷이서 동서남북으로 자리를 잡아서 동그랗게 서서 공을 차는 거야." "각자 자기의 위치를 정해라." 서로 거리를 두고 동서남북에 자기 자리를 잡게 하고 공을 오른쪽 사람에게 연결해서 차는 형식을 만들어 주었다. 그래야 아이들이 골고루 공을 찰 수 있다.

네 아이가 한데 모여 공을 차는 일은 처음이라서 아이들이 신이 난다. 모두들 공을 따라 힘차게 뛰었다.

이제 네살난 진이도 공을 따라서 아장아장 뛰었다. 어리지만 힘이 있어서 누나들과 형을 잘 따라 뛰었다. 바람에 날아갈 듯이 약한 일곱 살짜리 동이는 휘청거리면서도 벌판을 뛰었다. 린이는 여자아이지만 씩씩하게 공을 따라잡았고 송이는 벌판에서도 의젓하게 큰 언니 누나 역할을 잘했다. 벌판에서도 송이는 진이 편이었다.

린이가 공을 쫓아 뛰었다. 공의 움직임을 따라 아이들이 몰려갔다. 그렇게 뛰어 노는 모습은 마치 아무런 욕심도 없고 걱정도 없는 천사의 모습 같았다.

유난히 허약한 동이도 열심히 공을 쫓는다. 어쩌다 공이 앞에 와서 발로 뻥 차면 공이 앞으로 튀어나가고, 그 힘을 이기지 못해 벌렁 넘어졌다.

린이와 동이는 동갑내기여서 그런지 함께 어울려 잘 논다. 송이는 멀리서 아이들이 노는 모습을 보다가 공이 밖으로 튀어 나간다거나 진이가 공을 쫓다가 제대로 차지 못하면 쫓아가서 진이가 공을 잘 차도록 도와준다.

차가운 겨울바람을 맞으며 아이들은 벌판을 뛴다. 힘이 약해서, 너무 어려서 못 할 거라고 생각했던 동이와 진이도 얼굴이 빨개지도록 벌판을 뛴다. 아이들이 힘차게 뛰어노는 걸 보면서 왜 진작 아이들을 밖으로 끌어내지 못했나 후회가 된다.

벌판에서 아이들의 동작은 자유롭고 넓게 펼쳐졌고 각자의 표정이나 감정을 감추지 않고 맘껏 뛴다. 집안에서 눈이 빠져라 들여다보던 핸드폰도 가상의 세계에 빠져 헤어 나오지 못하던 게임의 세계도 이 벌판에서는 안중에도 없다. 다만 있는 힘을 다해서, 젖 먹던

힘을 다해서 이 벌판을 굴러가는 공을 따라 달려갈 뿐이다.

그 해 막바지 겨울, 동장군의 매서운 바람도 비켜가는 날이었다. ◪

가골마을, 또 하나의 외갓집

　계수동, 계수동에는 계수나무가 있고 토끼처럼 도란도란 모여 방아 찧고 사는 사람들이 살고 있을까요? 사계절 나무와 풀과 꽃의 향기에 푹 젖어있는 일곱 채의 집들, 집들이 옹기종기 모여 서로를 보듬고 사는 마을이 있었다고 하면 믿을까요?

　고향을 이북에 두고 온 사람들이 고향을 그리며 모여 사는 곳이다. 오순도순 그리움을 안고 사는 사람들의 마을, '가골마을'이다. 이곳 사람들은 휴전선이 풀리면 고향으로 돌아갈 거란 희망으로 살고 있다.

　남녀노소 할 것 없이 멍석 깐 마당에 모여 이야기꽃을 피운다. 철따라 이야기 색깔이 변하고 저마다 고향의 색깔이 달랐다.

　고향에서 있었던 일들을 풀어놓으며 피난민의 정착되지 못한 마음을 서로 위로했다. 피난민이라는 이름으로 맨몸으로 맨땅에 떨어져 맨땅 위에서 살아가느라고 힘들고 지친 날들이 다시 생기를 얻었다. 함께 모여서 하는 고향 이야기로 밤이 깊어 가는 줄 몰랐다.

모닥불 속에 감자 옥수수가 구워져 가는 동안 어른들은 또 황해도라는 고향으로 말을 몰아간다. 황해도의 여름 이야기를 한다.

날마다 듣던 이야기가 지루하던 아이들은 마당 앞 다랑논으로 달려가 반딧불을 잡는다. 반딧불을 잡아서 꼬리 부분을 떼어 눈썹에 붙이고 귀신놀이를 한다. 병에 넣어 들고 다니면 어두운 길을 비추며 논다.

풋콩이 여물기 시작하는 가을이면 마을 사람들은 모여서 풋콩을 깐다. 풋콩을 까는 동안 나누는 어른들의 이야기를 들으며 아기는 옆에 잠들어 있다. 좀 더 큰 또래들은 고추잠자리를 이리저리 쫓으며 마당에서 뛰논다.

어머니들은 깐 풋콩을 맷돌에 돌려 콩물을 만든다. 아버지들은 5리나 되는 뱀내장터에 가서 돼지고기 두어 근 사 온다.

가마솥에 돼지고기를 넣고 콩비지탕을 끓일 준비가 되었다. 콩비지탕이 부글거리고 끓는다.

콩비지탕이 다 되면 집에 계신 늙은 부모님들을 먼저

챙겨다 드리고 커다란 두리반에 음식을 차리는데 남자 어른 상과 여자 어른 상을 따로 차린다. 아이들 자리는 엄마 옆이다.

삶은 풋배추가 들어있는 콩비지탕은 부드럽고 달콤하다. 게다가 한 조각씩 든 돼지고기 맛은 지금도 잊을 수 없다. 날이 서늘해지는 가을 중간 무렵이면 연중행사처럼 마당에 걸린 가마솥에서 끓여 내던 음식이었다.

겨울이 되면 마을 사람들은 한가하다. 사람을 좋아하는 어머니와 아버지는 긴 겨울밤을 함께하자며 마을 사람들을 불러들인다. 긴 겨울밤을 지내기에는 고향 이야기가 제격이리라. 더러 새로운 이야기가 나오기도 하지만 매번 반복해서 듣는 이야기가 더 많다.

초저녁부터 모여 앉아 두런두런 이야기를 하다 보면 어른들은 출출해진다. 엄마는 텃밭에 묻어둔 가을무를 꺼내어 껍질을 벗긴다. 싱싱하고 차가운 무의 껍질 까는 소리가 쭉쭉 난다. 아랫목에 누워 있던 아이들도 벌떡 일어나 앉는다. 그러면 어른들은 무 한 조각씩 건네주는데 그 시원하고 매콤달콤함이란 어떤 말로도 표현하기 어렵다. 살면서 그런 무를 다시 맛보고 싶은데 좀처럼 만날 수 없다.

　일곱 채 밖에 안 되는 외딴 마을에 박물장수가 들어오면 어른들은 마을을 찾아온 박물장수를 그냥 돌려보내지 않는다. 박물장수에게 식사를 대접하거나 밥이 모자랄 때는 국수라도 말아서 대접을 해서 보낸다. 몇 집 밖에 안 되는 마을인데 외면하지 않고 무거운 물건을 이고 찾아들어 온 방물장수에 대한 배려였다.

　우리가 사는 가골마을은 면사무소가 있는 초등학교에서 40분 정도 거리다. 마을은 멀리서 보면 숲이 우거진 초록 물속이다. 쏟아져 내릴 듯이 집 뒤에 숲이 우거져 있어서 마치 숲을 업고 있는 형상이다.

　마을 앞 다랑논에는 바위에서 샘이 나오는 우물이 있었다. 이 우물은 물이 좋기로 소문이 났다. 빨래를 하면 때가 잘 지워지고 빨래가 하얗게 된다. 사람들은 이곳에서 빨래를 하면서 그날그날 있었던 이야기를 한다. 마을 소식을 알 수 있는 정다운 곳이다.

　지금 생각하면 어떤 동화 속에 나오는 마을 같기도 하다. 이렇게 아름답고 인심 좋은 사람들 이야기가 있는 마을이 고향이어서 좋다. 아무리 도시가 좋고 경치

가 좋은 관광지가 있다 해도 마음속에 자리 잡고 지워
지지 않는 계수동 가골 마을, 딸들과 아들의 외갓집 이
야기이다. ■

백일홍과 아버지

추위가 서서히 물러나자 갑자기 백일홍 꽃이 그리웠다. 백일홍이 내게 특별한 기억을 준 일이 없는데 어린 날 장독대에 아무렇게나 피어있던 꽃이 생각 난 것은 무슨 까닭일까.

꽃밭을 손질하다 지난해 백일홍 꽃이 흐드러지게 피었던 윗집 마당이 생각났다. 마당을 손질하고 있는 윗집 여자에게 백일홍 씨앗을 얻어 심었다.

특별하게 기억나는 일도 아릿하게 가슴 찡한 기억도 없던 어린 날이었다. 그런 어린 날 백일홍 꽃밭에 웅크리고 앉아 꽃을 들여다보던 아버지의 등이 생각난 것은 의외였다.

아버지는 작은 몸집으로 대나무같이 꼿꼿하시고 어떤 일에도 흐트러짐이나 굽힘이 없으셨다. 돌처럼 무겁고 강한 성격의 아버지가 쭈그려 앉아 연약한 꽃을 들여다보고 있는 아버지의 등을 볼 때 나는 못 볼 것을 본 것만 같았다.

새싹이 나오고 모종이 자랐을 때 집으로 들어오는 마당 끝 언덕과 꽃밭에 백일홍을 심었다. 여름이 시작되자 꽃봉오리가 생기고 다른 꽃들과 함께 꽃이 피기 시작했다. 다른 꽃들이 수없이 피었다 지는데 백일홍은 꽃을 계속 피워내기만 했다. 꽃이 지는 걸 볼 수가 없고 가을까지 계속 풍성해져 갔다.

꽃 색깔은 선명한 기억처럼 거의 원색에 가까운 색깔로 빨강, 노랑, 분홍, 하양 다양한 색깔인데 자세히 들여다보면 꽃 모양도 제각각이다. 꽃잎 또한 홑겹이거나 두 겹 혹은 여러 겹으로 여러모양의 꽃송이다. 마치 사람마다 모습이 달라서 같은 사람이 없듯이 백일홍 꽃도 포기마다 개성이 다양하다.

사실 지금은 이렇게 백일홍 운운하지만 어렸을 때 백일홍은 안중에도 없던 꽃이었다. 꽃이 볼품이 없어서가 아니라 집집마다 마당 한쪽에 여름내 피어있고, 담 모퉁이며 시궁창이나 밭두둑 등 아무데서나 피이 흔하게 볼 수 있는 꽃이었다. 너무 흔한 꽃이어서 꽃술이 어떤지, 꽃잎이 어떤지, 관심을 가지고 유심히 들여다 본적이 없었다. 그저 그 자리에 백일홍 꽃이 피어있구나 정도의 관심뿐이었다.

그런데 아버지는 유독 백일홍 꽃이 피면 장독대가 있는 꽃밭에 쭈그려 앉아 꽃에 빠져 있었다.

종일 일하고 지친 몸으로 돌아오는 저녁에도 꽃들이 바람에 쓰러지거나 부러지면 일으켜 세우고 붙들어주셨다. 틈이 나면 전지가위를 들고 꽃나무들을 다듬어 주셨다. 백일홍 꽃이 피면 더 자주 꽃밭에 앉아 계셨다.

황해도에서 내려오신 아버지는 포도농사를 지었다. 농사일은 잠시도 쉴 틈이 없었다. 우리들도 바쁘게 살아야 했다. 밭에서 풀을 뽑는다든지, 전정을 하고 난 포도나무 가지를 주워 모았다.

그런 중에도 아버지는 꽃밭에 잠깐이라도 앉아 있었다. '꽃이 밥 먹여 주느냐?'는 어머니의 핀잔에도 묵묵히 들여다보고 있었다. 엄하시고 대나무같이 곧고 돌처럼 차가움은 어디로 갔는지 찾아 볼 수가 없었다. 백일홍에 대한 기억에는 꽃을 들여다보고 있던 아버지의 등이 있었던 것이다.

여러 가지 꽃들이 장마가 지나고 가을바람이 들자 차례로 스러져갔다. 100일 동안 꽃이 피어 백일홍이라고 한다. 그렇지만, 날짜를 셀 필요도 없이 서리가 내리도록 꽃밭을 풍성하게 한다. 나는 왜 진즉에 백일홍의 이런 장점을 보지 않고 안중에도 없었을까?

백일홍의 진면목을 보지 않았듯이, 아버지가 꽃을 들여다보며 무슨 생각을 했을지 생각하지 않았다. 힘든 농사일을 하면서 틈만 나면 꽃을 들여다보는 엄하지만 답답한 아버지로 생각했다. 어머니의 성화에도 아랑곳 않는 꽉 막힌 아버지였다. 바쁘다고 발을 동동 구르는 어머니만 딱하게 보일뿐이었다.

우리들이 어느 정도 자랐을 때, 백일홍 꽃을 돌보고 저녁상을 마주한 자리에서 아버지는 이런 말씀을 했다. "할머니는 백일홍, 과꽃, 국화꽃을 좋아하셔서 고향집 마당에 계절마다 꽃들이 가득했었다. 백일홍 꽃이 피면 꼭 한 송이씩 내 방에 꽂아 두셨는데 병에서도 며칠씩 피어 있었지." 아버지의 꽃에 대한 이야기를 듣는 건 처음이었다. 꽃을 가꾸고 자주 들여다보니 꽃을 좋아하시는 건 이미 알고 있는 사실이다. 그런데 꽃을 좋아하는 이유에 대해서는 들어보지 못했었다. 딱 그 한 말씀이었는데 마음이 저려왔다.

아버지는 바쁜 일과 중에도 꽃을 보면서 고향의 어머니를 생각하신 것이다. 아무 피붙이도 없는 낯선 땅에서 힘겹도록 땅을 일구다가 쟁기를 집어던지고 그리운 어머니를 느끼려고 꽃을 들여다보았던 것이다. 쓰러져도 등 하나 비빌 데 없는 땅에서 가장으로서, 집안을 지켜야 한다는 집념으로 냉철하고 강한 의지를 가져야 했다. 살얼음 같은 고독과 살기 위한 몸부림과 고통을 이기는 방법이었던 것이다. 꽃 속에서 어머니를 찾으셨던 아버지를 겉으로만 보았다는 생각에 미안한 마음이 들었다.

지난여름 태풍과 폭염과 폭우에 백일홍은 쓰러지고 부러지고 뽑혀져 있었다. 백일홍이 갑자기 생각난 봄처럼 아버지 하시던 일이 갑자기 생각났다. 막대기로 지주를 세워주고 끈으로 붙들어주었다. 쓸쓸함에 젖은 아버지의 등이, 가슴을 보여주지 않는 아버지의 등이, 노란 꽃술에 겹쳐진다. 단칼에 자르듯이 어머니 말씀을 잘라내던 일이 자주 있었는데 그 때 아버지는 진심이셨을까? 어머니의 따뜻한 말 한 마디에 약해지지 않으려는 아버지의 심중이 칼날같이 날카로워졌을 것이다.

'꽃밭에 앉아 무얼 그리 하느냐.'는 남편의 말이 들려온다. 어머니가 아버지께 하던 잔소리처럼 들렸다.

장독대에 핀 백일홍꽃이 하늘거리거나 연약하지 않고 흔들리지 않아서 아버지의 그 꼿꼿함을 보는 것 같다. 이따금 벌과 나비들이 머물다 사라진다.

　강하고 선명한 꽃잎으로 백일홍이라는 가문을 꼿꼿하게 지켜주는 꽃, 가만히 꽃을 들여다보는데 누가 내 등을 들여다보는 것 같아서 돌아보았다. 백일홍이 나를 보고 웃고 있다. ◧

82 시위를 당기기 시작했다

시위를 당기기 시작했다

시위를 당기기 시작했다

가족들이 모이는 날이면 가장 중요한 안건 중 하나가 '아빠의 노후를 즐겁게 만들어 드리자.'였다.

그렇다고 그가 즐겁게 생활을 하지 못한다는 것은 아니다. 다만, 어르신들과 모여서 고스톱을 한다든지, 가끔 주막집이나 맛 좋은 음식을 찾아다닌다든지, 또 마을 노인정에서 사람들과 담소를 나누며 시간을 때우며 지낸다. 하지만 좀 더 발전적인 쪽으로도 시간을 즐길 수 있기를 바라는 마음에서이다.

젊은 날의 역량을 살려서 활동적으로 움직인다든가, 생각의 세계를 넓히는 취미를 가지고 생활하면 좀 더 뜻있고 즐거운 노후를 보낼 수 있지 않을까 하는 생각에서 나온 것이다.

평생 농사를 천직으로 알고 살아온 남편이다. 하지만 이제 농사도 줄어들고 모든 일이 기계화되면서 왠지 모르게 그의 출입도 날이 갈수록 줄어들었다. 젊었을 때 농사일을 하면서 마을 일을 하느라고 농사일과 마을 일 사이에서 집안에 있는 시간보다 밖에서 지내는 시간이 더 많았다. 그러다 보니 집안 돌아가는 일 같은 건 신경 쓰지 않았다.

그런데 나이가 들면서 집 밖에서 활동하던 일을 하나씩 그만두게 되었다. 만나는 사람이 한 사람씩 줄어들더니 급기야 밖으로 나가는 시간보다 집 안에 있는 시간이 많아졌다. 이것은 우리 가족인 나와 딸들과 아들이 똑같이 느끼며 걱정하는 일이었다.

여자들은 나이가 들면 밖으로 나가는 일이 많아지고, 남자들은 나이가 들면 밖으로 나가는 일이 줄어든다는 말이 새삼 남의 일 같지가 않았다. 그렇다고 집안에 있는 사람을 자꾸 밖으로 내몰 수도 없는 일이다.

때때로 남편에게 주문을 한다. "우리 뭐 재미있는 거 하나 합시다. 공동으로 할 수 있는 거, 등산을 다닐까? 아님 수영장엘 다닐까?"

될 수 있으면 함께 하는 게 좋겠다 싶어서 이야기를 꺼내면 등산은 다리가 아파서 못하고, 수영은 자신에게 맞지 않아서 못한다며 핑계를 대기 일쑤다. 하긴 등산은 작년에 다친 발이 아파서 하기 어렵다지만… 도대체 몸을 움직여서 밖으로 나가지 않으려는 그를 움직이게 하는 일은 쉽지 않다.

마을의 새마을지도자와 이장, 통장, 영농회장 등 봉사활동을 20년 넘게 해온 그다. 아직은 이렇게 집에만 들어앉아 있을 때가 아니라는 생각에 남편에게 여러 가지 제의를 해본다. "여보, 문화센터에서 하는 붓글씨나 쓰러 다닙시다. 아니면 탁구를 치러 다닙시다." 해도 시큰둥이다.

마당에 꽃이 만발하던 어느 날 마당에 핀 백일홍 꽃이 예쁘다면서 "이 사진 어때? 백일홍 꽃 사진 잘 나왔지?" 하면서 핸드폰을 내민다.

"와, 사진 정말 잘 찍었네요. 이 정도면 그냥 넘어가긴 어려운데 사진을 배우면 정말 좋은 사진 잘 찍겠는데요." 그 말에 남편은 얼굴이 환해지며 어깨가 으쓱한다. 이 기회를 이용해서 한 마디 거들었다. "우리 사진 찍는 거나 배웁시다. 사진여행도 하고 인터넷에도 올리고 잘 찍어서 부부 전시회도 하면 좋겠네요." 다른 말엔 시큰둥하더니 사진 찍자는 말에 잠시 솔깃하면서 다른 사진노 보여주며 자기가 찍은 사진이 잘 나왔다고 자랑한다. 내친김에 예총의 아카데미 사진 수업에 접수를 한다고 핸드폰여니 정색을 하며 핸드폰을 빼앗는다. 그렇게 해서 사진 찍는 일도 그냥 넘어가고 만다.

즐거운 취미생활을 위해서라면 비용이 좀 드는 골프를 한다고 해도 밀어주겠다고 해도 다 소용없는 일이다.

작년 이맘때였다. 같은 마을에 사는 육촌 시동생이 건너 마을 양지 편에 있는 활터에 다니는데 좋다고 하며 함께 다니자고 해도 소용없다.

"이 사람아. 한량들이나 하는 활 놀이를 내가 왜 해!"라며 건너 마을 활터에는 근처도 가지 않았다.

"아빠가 활 쏘러 다니면 그 비용은 우리들이 댈게요." 가끔 시집간 딸들이 거들기도 하지만 꿈쩍하지 않았다.

"너희들이나 해라." 하면서 마치 못할 소리라도 한 듯 핀잔을 주었다.

밖으로 나가지 않으려는 남편의 요지부동은 한동안 식구들을 걱정스럽게 했다.

그런데, 밖에 나갔다 들어오는 그가 얼굴에 환한 웃음을 띠며 웬 기다란 비단 주머니를 거실에 내려놓았다.

"그게 뭐예요?" 생전 처음 보는 주머니를 보며 남편을 올려다보니 아무렇지도 않게 대답을 했다.

"이 사람아, 뭐긴 뭐야. 활이지."

"활이요? 웬 활을?"

"응 이제부터 활터에 다니기로 했어. 활 쏘는 것도 전

신운동이 된다고 해." "팔의 근육이 단단해지고 다리, 허리 모든 부분에 힘이 가고 아마 배도 들어가서 아주 좋다고 그래."

"와아, 그래요, 잘했어요, 축하해요. 애들에게도 이 소식을 알려야겠네."

건너 마을에 있는 활터 양지정에 가입을 하니 가까운 친구가 기념으로 활을 사주었다고 했다. 활은 그리 크진 않았다. 처음 만져보는 활의 느낌이 팽팽했다. 활도 배워서 쏘는 정도에 따라, 활을 당기는 팔의 힘에 따라 활의 크기를 높여 간다고 했다.

거실에 내려놓은 활이 무척 고마웠다. 딸들에게 전화해 아빠가 활터에 가시기로 했다고 하니, 저녁엔 아들딸들이 집으로 모여서 국궁에 입문한 것을 축하를 해주었다. 마치 집안에 경사라도 난 듯이 딸들과 아들이 손뼉을 치며 좋아하자 남편도 흐뭇해 했다.

이렇게 남편은 요지부동 움직일 줄 모르던 놈을 움직여 시위를 당기기 시작했다. 남편은 아직 화살을 재우는 단계는 아니어서 활의 줄을 당기는 연습을 하며 궁도에 빠져들고 있다.

국궁하는 사람들은 여러 가지 갖추어야 할 예법이 많

다고 한다. 활터에 가는 날은 옷차림을 반듯하게 하고 간다. 절대로 운동복이나 반바지 차림을 하지 않으며 슬리퍼를 신지 않는다. 사람을 대하는데도 꼭 예의를 갖추어야 하고 함부로 말을 하지 않는다. 그래서 그런지 함께하는 사람들끼리 유대관계가 돈독하다. 그래서 취미생활에 점수를 준다면 나는 국궁에 후한 점수를 주고 싶다.

나이 들어 한 가지 취미를 갖는다는 일, 그것은 앞으로 남은 시간을 좀 더 건강하고 활기차게 보낼 수 있는 방편이다.

아무쪼록 남편이 새로 갖게 된 취미로 넓기만 한 허공에 화살을 힘껏 날릴 수 있기를, 마음도 힘차게 날아오르기를 기대해본다. ◼

유튜버들의 안개여행

 '그 나이에 하긴 뭘 해, 사는 대로 살면 되지.'라는 말을 무시하고 50대 후반에서 70대 사람들 4명이 모였다. 새롭게 뜬다는 유튜브를 배우기 위해서다. 젊은이 못지 않은 열정을 가진 네 명은 개성이 각기 다른 사람들이다. 개설한 유튜브 카테고리 또한 서로 다른 색깔을 지니고 있다.

 유튜브라는 경험해보지 않은 새로운 세계에 발자국 하나 찍는 일은 그리 쉬운 일은 아니다. 서툴고 미숙하고 생소한 분야지만 한 달 동안 더듬더듬 한 발 한 발 내딛으며 잘도 배워냈다. 그야말로 액티브한 시니어들이다. 유튜브 수업을 끝내면서 떠난 종강 여행 또한 액티브한 여행이다.

 비가 몹시 온다는 예보가 있었다. 새벽이 되자 예정대로 비는 쏟아졌지만 우리들은 예정대로 출발했다. 부슬부슬 비가 내리는 새벽에 학우들을 만났다. 유튜브 학우

중 한 사람이 홍천에 산장을 가지고 있어서 그곳을 가기로 한 것이다.

여행하는 내내 비와 안개의 연속이었다. 안개는 우리가 시위를 당긴 유튜브의 길이 그리 녹록치 않은 길임을 알려주는 듯 했다. 여행이 끝날 무렵 안개가 걷히고 찬란한 햇살 속을 달리기도 헀는데 이 또한 유튜브 세상을 잘 달려가면 밝은 빛을 볼 수 있다는 희망적인 메시지로 받아들여졌다.

학우 중에 한 사람이 함께한 우리들을 '도반道伴'이라고 불렀다. 그동안 잊고 있던 말인데 정겹다. 이제 우리는 새로운 삶에 함께 도전하는 유튜브 도반이다.

첫새벽 도심을 벗어나면서부터 자동차는 자욱한 안개 속을 달린다. 산과 하늘과 길이 안개 속에 묻혀 사라진다. 우리는 안개꽃이 흐드러지게 피었다고 말했고, 꿈속을 걷는다고 말했다. 사방이 보이지 않는 안개 속에서 '도반'이라는 말에 우리들은 더 도반다웠고 함께하는 도반이 있어서 비가 와도 즐거웠다.

여행은 누구와 가느냐에 따라 느낌이 달라진다는 말이 새삼스럽다. 우리는 비가 오면 오는 대로, 안개가 덮치면 덮치는 대로 꽃이 물밀 듯이 몰려온다고 하면서 안개를 즐긴다. 기쁨도 함께하면 배가 된다는 말이 있듯이 즐기는 일이 배가 된다.

　목적지까지 가기 전에 도반의 언니 산장에 들렀다. 그곳에는 접두화, 원추리꽃, 접시꽃과 이름 모를 꽃들이 반겨준다. 꽃들이 있는 풍경을 돌아보는데 후드득 비가 쏟아진다. 우리는 서둘러 집 안으로 뛰어든다. 도반의 형부가 내놓는 옥수수와 토마토의 맛이 안개의 풍경이라고 하면 맞을까?

　벽면 전체가 유리인 창문 앞에는 장미꽃 한 송이 꽂힌 꽃병이 책상에 놓여있다. 창밖에는 겹겹이 늘어선 산에 안개와 비와 바람이 숲을 흔들고 지나간다. 풍경이 갑자기 흔들린다. 가만히 서서 흘러가는 세월을 보는 듯하다. 우리는 소파에 나란히 앉아서 멍하니 창밖의 풍경을 내다본다.

　유리창 밖 산허리를 흐르는 안개 동영상을 찍는데, 다른 한 사람이 창문으로 다가가 안개 동영상을 찍는다. 나의 동영상 속으로 사람이 들어선다. 안개에 스토리가 생겨나는 피사체가 된다. 안개가 흘러가고 사람이 흘러간다. 삶이 흘러가는 영상이 된다.

　안개 풍경을 보면서 안개 전설이 생각난다.

제니라는 소녀와 제니를 구해준 해군 장교의 사랑 이
야기다.

전쟁터에서 장교가 죽었다는 소식이 전해졌다. 제니
를 좋아하는 부잣집 아들이 제니와 결혼한다는 헛소문
을 내서 제니는 슬프다. 죽었다던 장교가 돌아오는데 부
잣집 아들은 도망병이라고 병사들에게 장교를 죽이라고
한다. 제니는 바다로 끌려가는 장교를 병사들이 방심하
는 사이. 손을 잡고 달아나다 쓰러진다. 제니가 간절하
게 기도하는 순간 짙은 안개가 몰려왔고 부잣집 아들은
안개 속에서 자기 칼에 찔려 숨을 거둔다. 안개 속을 나
온 병사들은 안개꽃만 보고 돌아갔고. 장교와 제니가 안
개와 안개꽃 속에서 살아난다. 안개는 사랑을 지켜주었
고 그때 피어난 이 꽃을 안개꽃이라고 부르게 되었다는
전설이다.

안개가 앞을 가려주어서 사랑이 꽃을 피우게 된 이야
기이다. 안개에는 그런 애절한 사랑 이야기가 있어서 안
개 속에 서면 따뜻해지는 걸까?
도반의 언니 집을 나와 목적지인 산장에 여장을 풀자

장대비가 쏟아진다. 밖은 잣나무 숲속이다. 창밖에는 길길이 솟은 잣나무와 장대비가 서로 맞서서 빗금을 그어대고 있다. 빗금은 마치 외출 금지라고 막아서는 듯하다. 실내에서 도반들과 함께할 수밖에 없다.

유튜브 도반들은 나이를 생각하지 않고 사는 사람들이다. '그 나이에 유튜브를 해'라고 말하는 사람들도 있었지만, 나이를 불문하고 도전하는 유튜버들이다. 도전은 아름답다고 했다. 이런 새로움을 찾아나설 때 우리에게 나이 따윈 강 건너 불이다.

계속 집 안에만 있으니 집 밖의 풍경들이 궁금해지고 잣나무 숲속을 걷고 싶다. 대책 없이 비는 내려 나가고 싶은 마음을 가로막으니 창밖을 보는 것 외에는 할 게 없었다.

하나, 둘 배를 깔고 눕거나 천정을 보고 눕거나 의자에 앉아 유튜브 만드는 일에 빠져든다. 벽난로에 장작 타는 소리와 빗소리를 들으며 도반들도 저음 가는 유뮤비의 길에서 헤맨다. 60대라는 빗속에서 길을 찾으며, 길을 개척하는 시간이다. 그동안 터득한 유튜브의 길이 아직은 안개 같지만 점차 길이 드러날 것이다. 안개가 조금씩 걷혀가면 그동안 해야 할까 말까 망설였던 것들을 하나씩 해나갈 것이다.

비는 1박 2일 동안 쉬지 않고 밤낮으로 내렸다. 양동이로 쏟아 붓듯 비가 내린 때는 자다가 깨어 창문에 선다. 비가 잠시 뜸한 숲에는 안개가 자욱이 몰려와 시야를 가리고 있다. 만발한 안개꽃밭에 갇혀서 우리는 잠을 자고, 웃고, 각자의 주제에 맞추어서 영상을 이야기한다.

날이 밝았는데 하늘은 여전히 장대비를 쏟아 붓는다. 무섭게 쏟아붓는 장대비에 걱정이 앞선다. 큰 나무가 쓰러져 숲을 빠져나가지 못할까 봐 걱정이다. 우리는 서둘러 아침 식사를 끝내고 나선다. 밤새도록 비에 시달린 풀과 나무들이 몸을 축축 늘어뜨리고 있다. 한창 피었던 수국꽃이 바닥까지 고개를 숙이고 있다. 비를 맞으며 수국꽃을 일으켜 세우는데 갑자기 벌 한 마리가 나타나 손을 쐈다.

우리가 숲을 나오는 동안에도 비는 폭포같이 쏟아졌다. 길옆 계곡에는 우레 같은 소리를 내며 물이 쏟아져 내렸다. 시내가 가까워지자 하늘이 맑아지고 안개가 걷힌다. 꿈속에서 문을 열고 나온 듯했다.

다시 예약할 수 있다면 그 숲으로 안개 여행을 가고 싶다. 주어진 풍경 속에서 유튜브라는 시위를 당기면서 각자의 생각과 앞으로의 계획을 나누었던 시간이었다. 마음을 나누어서인지 가까워진 시간이었다. 오랫동안 기억에 남을 여행이었다.

안개 속에서 당긴 시위가 유튜브의 어느 세계까지 날아갈지 궁금해지던 날이었다. █

여름휴가

늦여름이었을 것이다. 그해에는 가까운 사람들이 여름휴가 간다는 소리가 다른 해보다 더 자주 들려왔다. 만나는 사람마다 여름휴가 다녀왔느냐고 묻고, 왜 안 갔느냐고 묻는다. 만나는 사람마다 다녀온 여름휴가 이야기다.

해마다 휴가철이 되어 주변 사람들이 여름휴가를 떠나도 나는 별로 신경이 쓰이지 않았다. 그런데 그 해에는 여름휴가에 많이 예민해져 있었다.

남편은 휴가 같은 건 모르는 사람이다. 여름이 와도 바다나 계곡을 즐기러 간다거나 더위를 피하러 간다거나 아니면 남들 다 가니까 핑계 김에라도 집을 떠나본 적 없이 없었다. 그런 남편 때문에 속상하기도 했지만, 남편은 그런 사람이려니 하고 살아왔다.

바다나 산에서 며칠 정도는 지내야 제대로 여름휴가를 보냈다고 할 수 있고 한여름을 잘 보냈다고 할 수 있다. 주변을 보면 남자는 가족들을 위해서 휴가계획을 짜고

예약을 하고 함께 여행을 다녀와야 식구들에게 위신이
서고 가장으로서의 의무를 다한 것으로 여기는 사람들이
많다.

우리집은 시대와 동떨어져서 사는 셈이었다. 다 큰 자
식들도 아빠 엄마와 같이 어디 좀 떠나보자고 해도 함께
떠나는 것이 쉽지가 않으니 이제는 우리 부부와 휴가 계
획을 세우려고도 안 한다. 젊어서부터 항상 그래왔기 때
문에 더 달라질 일은 없었고, 어디로 떠나보자고 말할 일
도 없었다.

그런데 그해에는 누가 휴가를 떠난다는 말을 하면 나
혼자라도 떠나고 싶었다. 그 정도로 어딘가로 떠나고 싶
었다.

그런 나에게 홍천을 가자는 문학 동료의 제의에 조금
도 머뭇거릴 필요가 없었다. 오전에 떠나자고 했지만, 오
후에 꼭 참석해야 하는 문학강좌가 있어서 날짜를 바꾸
자고 하니, 강좌 끝나고 밤에 떠나자고 한다.

나의 사정을 배려해준 문학 동료 선후배들과 밤 아홉
시가 되어서 시흥을 떠나게 되었다. 교외로 나가면서 차
창을 통해 들어오는 시원한 바람을 맞으니 얼마나 오랜만
인지 생각조차 나지 않았다.

홀가분하다. 차는 점점 도심에서 멀어지고 시골길로 들어서더니 드디어 포장도로가 끝나고 울퉁불퉁 비포장 도로를 달린다. 산으로 들어서는 길은 더 굴곡이 심해서 온몸이 흔들린다. 금방 시장기가 들 정도로 위와 장이 흔들리는 느낌이다.

산 냄새가 확 풍겨온다. 헤드라이트를 통해서 길섶엔 여러 가지 나무와 풀들이 불빛에 비친다. 길 양옆으로 활짝 핀 갯개미취꽃이 불빛에 들어온다. 보랏빛 꽃길이다. 꽃들이 어서 오라고 환영이라도 하는 듯하다.

차창을 통해 까만 하늘에 별이 수없이 많이 떠 있는 게 보인다. 모두 별을 본다며 차창을 통해 하늘을 바라보자 동료는 썬루프를 열어 하늘을 바로 볼 수 있게 해준다. 상쾌한 바람이 차 안으로 들어온다.

한 후배가 별이 우릴 따라온다며 소리친다. 이곳에서 보는 밤의 별빛이 선명하다. 시흥에서 볼 수 없는 밤하늘이다. 언젠가 정동진에 있는 친구 별장에 갔을 때도 별들이 처마 끝까지 내려와 손으로 잡으면 잡을 수 있을 것만 같았었다. 그런데 이곳에서도 우리를 내려다보며 쫓아오는 별들이 있다.

길길이 뻗은 나무들이 있는 산길이 고즈넉하다. 어두

운 밤길이어서 더 그렇겠지만 밝은 낮엔 정말 멋질 것이다. 차가 털썩거릴 적마다 산 냄새가 더 강하게 코끝을 건드리며 정신을 맑게해준다.

몹시 굴곡이 심한 길을 40여 분 달리고 나서야 깊은 산속 집 네 채가 있는 골짜기 첫 집에 차가 멈춘다. 서구적인 현대식 별장이다. 우리를 초대한 문학 선배이자 마을 후배는 절대 별장이란 말을 쓰기 싫다고 하지만 어찌되었건 쉬어가기 좋은 형태의 멋진 집이다.

주변 정리 중이라는 듯 포클레인이 마당을 지키고 있었고, 먼저 가꾼 뜰에는 청보랏빛 갯개미취가 어둠 속에서도 만발하고 있었다. 유난히 까만 밤하늘을 잠시 올려보다가 안으로 들어갔다.

넓은 거실엔 현대식 페치카가 여유를 즐기기 좋게 가운데 자리 잡고 있다. 넓은 거실 한 쪽 벽은 완전 통유리로 만들어서 벽을 통해 하늘과 나무들을 볼 수 있다. 가만히 둘러보니 주변에 나무늘이 길실이 솟아있고 그 나무들 속에 집이 폭 파묻혀있는 것을 알 수가 있다.

밖을 내다보던 일행들이 나비를 발견했다. "와! 나비다. 저렇게 큰 나비도 있네." "그건 나비가 아니야. 나방

이야." 한다. 불을 켜자 커다란 나방과 작은 나방들이 통유리 벽 밖에 달라붙어 이쪽을 들여다보고 있다. 사진을 찍어야 한다며 카메라를 들이댄다.

마치 세속을 다 끊고 자연에 묻힌 기분이다. "있잖아, 이곳에 이렇게 며칠 있으면 세상일 다 끊겠다. 꼭 그럴 거 같아."

"맞아요, 이곳에 들어와 있으면 다시 나가고 싶다는 생각이 없어요." "더구나 부부가 와 있으면서 남편이 숲을 나간 날은 저녁 무렵부터 온 신경이 산 문턱에 걸려있고 게다가 남편이 고깃덩이라도 들고 오면 마치 신혼 기분이 절로 나기도 해요." 그도 그럴 것이다. 이 산속에 나를 위해. 나를 찾아. 혹은 나를 기다리는 상대방을 생각하면 신혼 때 기분이 있으리라는 건 자명한 일이다.

거실에 불이 환하다. 나는 다시 환하게 하늘을 밝히는 별을 보고 싶어 마당으로 나갔다. 길길이 솟은 잣나무가 있는 산속이다. 빽빽이 들어선 잣나무가 집을 호위하고 있다. 하늘을 올려보니 별들이 호수를 들여다보듯 숲속에 묻힌 우리를 내려 보고 있다. 집에서 보던 별과는 완전히 다른 별이다.

집에서 견디던 무더위는 어디로 사라졌는지 서늘한 기

운이 있는 밤을 풀벌레 소리에 맡기고 풀벌레 소리 위에서 잠이 들었다.

그해 여름은 더 이상 불평도 불만도 없이 지나갔다. 남편은 여전히 집 밖으로 나가는 것을 원하지 않았다. ◼◾

'아내'라는 호칭

조용하게 오월이 오고 있다. 산과 들이 생기발랄하게 연둣빛을 굳히고 모든 이의 환영을 받으며 다가오는 오월이다. 오월이 근로자의날, 어린이날, 어버이날, 스승의날, 부부의날, 청소년의날, 성년의날, 부처님오신날까지 있어서 기념하는 달이다.

예전에는 어머니날이라고 했던 어버이날이 지나갔다. 가족이 살아내는 일을 잔잔하게 풀어내는 주인공이 누구인가라고 묻는다면 누가 뭐래도 어머니가 맞을 것이다. 가정의 안주인인 어머니, 아내가 맞을 것이다. 세심하게 집 안 구석구석을 살피며 관심을 주고 잡다한 잔소리를 늘어놓으며 가족에게 사랑의 훈기를 불어 넣는다. 그것으로 가족들은 넓은 세상 속에서 각기 제 할 몫을 하며 파릇파릇하게 살아낸다. 저녁이면 지친 몸으로 돌아와 따뜻한 기운으로 생기를 얻어 다시 일어나는 것이다.

가정은 가족구조를 벗어날 수 없다. 구조가 어긋나게

되면 순조롭지 못하다. 아내가 가족 구성요소들이 제자리에서 제 역할을 할 수 있도록 날마다 화사한 웃음으로 내비칠 때 가족들은 건강하고 탄탄하게 자라게 되는 것이다. 건강한 아내가 되기 위해서는 꼭 건강한 남편이 있어야 하는 철칙이 있다.

함께 활동하던 문우는 예비역 공무원이었다. 퇴직하고 나서 사회에서 하고 싶은 일이 있다면서 함께 배우고 함께 봉사활동을 하자고 제안한 적이 있다. 그의 말에 공감하면서 그와 웃음코칭을 배우러 인천에 있는 평생학습관으로 몇 달을 다녔다.

그의 차를 타고 평생학습관을 오갔다. 평소에 말이 없고 과묵한 그가 차를 타고 가는 동안 퇴직하고 나서 사회에서 하고 싶은 일들과 집에 있는 일상적인 이야기를 한다. 이야기하는 내내 유독 귀에 들어오는 듣기 좋은 단어가 있다.

그는 자기 부인을 지칭하는 모든 단어를 '내 아내'라고 한다. '시간이 되니 내 아내가 어서 가라고 재촉했다.', '어제 내 아내와 공원을 걸었다.', '아내는 빨간 장미를 좋아한다.', '요즘 아내가 힘들어하고 있어서 맘이 아프다.', '일을 결정할 때 아내의 의견을 물어서 타협한다.'

등등의 말을 한다.

처음에는 아무렇지도 않게 들었는데 들을수록 듣기가 좋다. 그의 아내가 고급스럽게 느껴지고 아내를 지칭하는 그가 참 좋은 남편, 귀한 남편이라는 생각을 하게 된다.

항간에서 부인을 마누라, 처, 집사람, 안사람, 내자, 와이프, 누구 엄마, 여편네 등등 여러 가지로 호칭하는 것을 본다. 그런 호칭들을 들을 때 아무런 감흥도 일어나지 않는다. 다만 편하게 제 짝을 말하고 있구나 하는 정도이다. 대부분의 호칭은 '결혼하여 남자와 짝을 이룬 여자'라는 뜻이다. 하지만 왠지 그가 말하는 '아내'는 더 정결하고 화사하고 잔잔하게 느껴진다. 그 느낌을 말하며 그에게 물었다.

"선생님은 아내라는 말을 자주 하시는데 듣기 좋네요. 결혼 초부터 아내라고 하셨나요?"

"아니요, 어느 날 아내라는 말을 검색해 보았는데 '집안의 해'라는 뜻풀이가 참 좋더라고요. 그래서 한두 번 아내라는 말을 쓰다 보니 이제는 아내라는 말이 아내에 대한 예의라는 생각까지 듭니다."

"그렇군요. 좋게 들려요. 물론 그 아내도 좋아 보이지

만 아내를 아내라고 지칭해주는 남편도 좋은 남편처럼
보입니다."

"그럼 선생님은 남편을 뭐라고 지칭하나요?"

"아, 그건, 우리 아저씨, 애들 아빠라고 하는데요."

"그건 아니죠. 그건 선생님의 존재가 없어지는 일이어
요. 남편이라고 하세요. 왜 타인의 관점에서 남편을 지칭
하나요? 지금이라도 고쳐 쓰세요."

그 후로도 내게 남편을 남편이라고 하느냐고 몇 번을
묻고 꼭 그렇게 하라고 했다. 그는 아닌 것을 알면 고쳐
쓸 줄 아는 사람이다. 아내는 집안의 해와 같은 존재라는
걸 알면서부터 아내에 대한 예의로 아내라고 부른다고
한다. 아내를 다른 말로 부르지 않고 꼭 아내라고 부른다
는 말이 오래도록 가슴에 남는다.

오월 속에 있으면서 유월을 바라보고 있다. 해가 곳곳
마다 비춰서 세상을 온통 진초록으로 뒤덮을 기세다. 올
해 유월은 세상의 남편들이 만들어낸 고귀한 아내들이
집안의 쨍쨍한 해가 되는 달이어야 한다.

아내들은 어둡고 침침한 세상을 돌다가 피곤과 짜증과
땀으로 범벅이 된 몸으로 들어오는 가족을 말려주고 통
풍시켜주는 데 일조를 하게 될 것이다. 주방이며 세탁실

이며 서재에서 햇살의 양을 조절하느라고 여념이 없는
아내들이여, "고급스러운 아내들이여!" ■

나비에게

가곡 '나비에게'라는 시가 태어나게 된 아침이 있었다.

밤새 한 줄기 비가 지나간 아침이다. 구름 속에서 활짝 솟은 아침 햇살이 발길을 밖으로 몰고 간다. 아침 식사 준비를 할 겸 텃밭으로 나가려고 현관문을 열고 나온다. 눈이 부시게 피어 있는 꽃 한 무더기가 황홀하게 한다. 샤스타데이지, 하지구절초가 흐드러지게 피어 이슬에 젖어 있다. 하얀 꽃잎에 노란 꽃술이 든 꽃은 언제 보아도 희열을 느끼게 된다. 특히 이슬에 촉촉하게 젖은 아침 꽃은 신선하기까지 하다.

야채를 뜯으러 가던 발길을 샤스타데이지꽃 쪽으로 옮겼다. 이슬에 젖은 꽃들이 물빛 서슬을 입은 것 같다. 방울방울 이슬을 이고 있는 꽃송이들이 새로워 보인다. 촉촉한 느낌의 꽃을 찍으려고 카메라를 들고 나왔다. 찬찬히 꽃을 들여다보는데 렌즈 안에 하얀 나비가 들어왔다. '아, 흰 나비가 흰 꽃 위에 앉은 거야.' 나도 모르게 속으로 속삭이고 있었다.

나비와 같은 색깔의 흰 꽃 위에 앉아서 아무도 못 찾을 거라고 방심이라도 하고 있는 걸까? 흰 꽃 위 흰 나비는 그냥 지나칠 뻔했지만 내 카메라에 들켜버리고 만 것이다. 살그머니 꽃 주위를 맴돌았다. 나비는 아무런 기척도 없다.

나비는 고치에서 툭 떨어져 나온 이 세상이 두려워 아직 날지 못하고 있는 건 아닐까? 혹여 제 빛깔의 꽃잎에서 기억에도 없는 사랑을 찾고 있는 것일까? 나비가 날아갈까 봐 들키지 않으려고 까치걸음으로 나비를 들여다보았다. 날개는 날아갈 듯 한 자세다. 머리는 노란 꽃술과 비밀 이야기라도 하는 듯하다. 제 머리 몇 배 길이의 더듬이로 꽃 밖의 세상을 더듬고 있는 하얀 꽃 위의 흰 나비.

꽃과 나비가 같은 흰색이어서 사진으로 담으면 안 보일 거라 생각이 들었는데 나비와 꽃이 선명하게 나타났다. 카메라의 셔터소리에 놀랄까봐 망설이며 셔터를 눌렀다. 카메라를 여러 방향에서 여러 각도로 찍는데 나비는 어떤 동작도 하지 않는다. 갑자기 죽은 나비는 아닐까? 하는 의문이 들어 건드려 보고 싶었지만 참았다. 분명 죽은 나비는 아니었다. 흰 꽃이 자기의 동족이라도 되는 듯 나비는 편안히 꽃술을 음미하면서 어떤 움직임도 없다.지난 밤 험한 곳에서 밤을 지새우고 곤한 잠이 들었다고 생각하며 주위를 맴돌았다. 행여 날아갈까 봐 살금살금 고양이 걸음으로 관찰을 하였다. 나비는 죽은 듯이 있다. 그때 머리의 몇 배가 되는 두 개의 더듬이가 떨리는 걸 보았다. 더듬이 한 쪽은 하늘을 향하고 한 쪽은 땅을 향하고 있는 모습이 마치 하늘과 땅에 어떤 송신이라도 보내고 있는 것 같다.

하늘과 땅 사이에서 어떤 사람에게 송신을 보내고 있는 걸까? 이 곳에 어떤 그리움이 있어서 떠나지 못하고 기다리고 있는 걸까? 하는 턱없는 상상을 하며 나비를 본다. 갑자기 장난기가 발동하였다. 훅, 불어보고 싶다. 하지만 저리 곤하게 잠자는 나비에게 너무 미안해서 그만두었다.

흰 나비는 그해 봄이 지나갈 무렵 처음 만난 나비였다. 흰 꽃 위에 흰 날개 펴고 죽은 듯이 앉아있는 나비를 보며 죽은 듯이 살고 있는 내 삶을 보는 듯해서 슬펐다.

내가 살아있는 건지, 없는 건지, 알 수 없던 시절이 있었다. 많은 가족 속에서 눈만 뜨면 몰아치는 일에 묻혀서 집안에서 일만 하는 보이지 않는 존재였다. 누구도 손잡아주지 않고 알아주지 않는 삶을 언제까지 그렇게 살 거냐? 하는 물음표가 머리에서 떠나지 않았었다.

거기에는 아무런 욕심도 거짓도 없는 내가 있지만 어디에서도 나를 찾을 수가 없었다. 어떤 일을 열심히 해도 내가 없었다. 나는 없지만 묵묵히 움직이는 핏줄 속에는 들끓고 있는 것들이 있었다. 때 없이 대상없는 어떤 사랑이 물밀 듯이 몰려와 가슴이 아팠다. 삶이 슬펐다. 하지만 이 슬픔을 박차고 일어설 날이 올 거라는 끈적끈적한 희망이 있었다. 대상없는 사랑이 형체가 없이 나타나 나를 자꾸 불러 세웠다. 보이지 않는 것이 내 안에서 꿈틀거리고 보이지 않는 날개가 자라고 있었다. 그러면서도 무엇 때문에 가슴이 아픈지 몰라 연필로 끄적거렸다. 흰 나비의 더듬이처럼 형체 없는 사랑이 떠올라 가슴이 파르르 떨리고 있었다. 나는 흰 꽃 위 흰 나비였다.

조혜영 작곡가가 내가 이 장면을 보고 쓴 시에 곡을 붙여서 가곡이 되었다. 작곡가는 이 노래에 곡을 붙이면서 이 시로 된 노래가 많은 사람에게 불려 지리라고는 생각하지 못했다고 했다. 그런데 의외로 많은 합창단에서 정기 연주곡으로 이 노래를 부른다고 했다. 유튜브를 찾아보니 많은 합창단의 공연을 볼 수 있었다.

합창단에서 부르는 노래를 눈을 감고 듣는다. 내 이야

기를 노래로 듣는다. 슬픔이 물밀 듯이 몰려온다. '나비
에게' 노래시 전문이다.

아직도 잠들고 있는 거니
아직도 잠들고 있는 거니

희디흰 꽃잎 위에 흰 날개 펴고
파르라니 떨며 앉아 있는 너는
허공을 날아 또 다른 세계와
마주치는 것이 두려운 거니
마주치는 것이 두려운 거니

보일 듯 말 듯 한 꽃에 앉아
바람 불어 꽃가지 흔들려도
보일 듯 말듯 한 꽃에 앉아
너는 앞날을 예감하고 있구나

밀물지듯 밀려오는 사랑의 굴레들
굳이 아니라고 말 못하는 너는
하얀 꽃잎 위에 있는 듯 없는 듯

천 년이라도 바라보고만 있니

꽃잎을 날아오르는 순간

꽃잎을 날아오르는 순간

수없이 부딪혀 올 그리움

수없이 부딪혀 올 그리움

파르르 파르르 가슴 저리겠구나

핸드폰 중독

마을 어귀까지 나왔을 때서야 핸드폰을 빠트리고 집을 나왔다는 것을 알았다. 약속 시간이 얼마 남지 않았는데도 차를 되돌려 집으로 가니 남편이 핸드폰을 들고 마당으로 나와 있다.

"내가 그럴 줄 알았어, 대체 정신을 어디다 두고 다니는 거예요?"

"미안, 급하게 집을 나오다가 그랬지요."

"그깟 핸드폰 하루쯤 안 들고 다니면 안 되나? 다시 들어오게? 중독이야, 중독."

요즘 자주 발생하는 일이다. 어쩌다가 핸드폰이 신체의 일부처럼 되어버렸는지 모르겠다. 그리고 주변 사람들과 이런 이야기를 하다보면 나만의 이야기가 아님을 알 수 있다. 이것은 핸드폰 자체가 없어서가 아니다. 통화는 물론이려니와 문자, 카톡, 밴드, 카스토리, 메일, 정보 등등…. 손에 핸드폰이 없으면 불안하다.

신문이나 책을 보면서 이야기를 나누던 일이 언제였는

지 생각도 안 난다. 때때로 남편은 재미가 없다고 투정을 부린다. 함께 무릎을 맞대고 오순도순 지난 이야기며 앞으로 살아갈 이야기와 자식 이야기를 하며 정다워야 할 시간에 컴퓨터에 앉아 인터넷 정보를 보거나 메일을 쓴다던지, 카페나 블로그에 글을 쓰는 시간이 많으니 남편은 짜증이 날 만도 하다. 하지만 남편도 TV에 나오는 드라마나 뉴스에 빠져서 옆 사람을 외롭게 만드는 일이 한두 번이 아니다. 모든 미디어 앞에서 꼼짝없이 빠져드는 일은 현대를 사는 남녀노소 누구나 겪는 일이다.

결혼한 딸은 유치원에 다니는 일곱 살짜리 딸이 TV나 핸드폰, 컴퓨터 게임에 빠지면 아무리 맛있는 음식을 내놓고 불려도 옆방에서 나오지 않는다고 한다. 미디어를 통해서 생활의 많은 부분이 변해가고 있다.

얼마 전, 아들이 하는 핸드폰 게임을 보고 나도 가르쳐 달라고 했다. 한 번만 해볼까 하고 시작한 게임인데 시간만 나면 그것을 두드리게 되었다. 심심하거나 뭔가 잊고 싶은 일이 있을 때 좋은 방법이다. 그렇게 시작한 게임을 밤잠을 설치면서 하게 되어 식구들이 눈살을 찌푸리기도 한다. 게임이라면 근처도 안 가던 내가 이렇게 빠지게 될 줄은 몰랐다. 결국은 그걸 안하는 게 상책이라는 결단을 내녀 그만두게 되었다. 나도 게임을 해보고 빠져버렸는데 청소년들은 더 쉽게 빠져들 것이다.

지역 복지회관에서 하는 미디어중독예방 프로그램을 취재하게 되었다.

"자, 부모님들은 어린이 얼굴에 색종이를 붙여주세요. 그리고 1분 동안 흔들기, 색종이가 제일 많이 남은 사람이 이기는 게임입니다."

아이들과 학부모님들이 한데 어울려 손잡고 웃는 모습이 보기에 좋다. 이 프로그램은 놀이를 통하여 즐거움을 알게 하고 친구와 사이좋게 놀면서 미디어와 멀어지게 하는데 목적이 있다.

미디어중독예방 프로그램을 보면서 핸드폰을 가지러 되돌아갔던 일이 인간관계를 방해하는 저해요인이 되었음을 확인한다. 그럼에도 불구하고 나는 이 시대를 사는 여인으로써 나는 다시 핸드폰을 가방에 먼저 챙겨 넣게 되는 걸 어찌하랴.

아버지와 아들

　보름 전쯤 일이다. 남편은 며칠 전부터 아들에게 말했다. "이번 주말에는 시간을 비워라." "왜요. 무슨 일 있나요?" "그래, 논에 비료도 주어야 하고 약도 뿌려야 한다. 다리가 아파서 이젠 네가 거들지 않으면 안 되겠다." "네, 아빠."

　남편은 이제 농사짓는 게 힘이 드나 보다. 논농사는 아무리 힘들어도 혼자서 다 척척해왔다. 작년에 발을 다쳐 수술한 이후 무리하게 걷는다든가 무거운 것을 들면 발이 아프다더니 이젠 아들에게 일을 거들어 달라고까지 한다.

　힘든 일이라고는 해보지 않은 아들이다. 남편은 아들이 행여 잊기라도 할까 봐 몇 번을 당부했다. 그런데 아들은 전날 친구들과 오랜만에 만났다고 자정이 되어서야 집에 들어왔다. 늦게 들어온 아들에게 내일은 아침 다섯 시에 일어나야 한다고 한다. 나는 속으로 웃음이 나왔다. 왜냐하면 아침마다 일곱 시에 깨워도 일어나기 어려워하는 아들이었기 때문이다. 새벽녘에야 잠자리에 든 아들을 보면서 아침 일찍 일어나기는 어려울거라고 생각하였다.

새벽 4시 반이 되자 남편은 먼저 논을 한 바퀴 돌아보고 왔다. 마당에서 아들과 할 일을 준비 중이다. 일할 시간이 되자 마음이 안절부절 견딜 수가 없었다. 새벽녘에야 잠든 아이를 깨우기도 어렵고 해서 남편에게 말했다. "여섯이나 되어서 논에 나가지, 동네 사람들 다들 자는 꼭두새벽부터 일 한다고 그래요?" "해가 퍼지면 더워서 논에서 일하기 어려워서 그래, 일찌감치 일을 해치우면 편하지 뭘 그래." 나는 아들이 잠이 부족해서 그런다는 소리를 차마 할 수가 없었다.

　다섯 시가 되어서 살그머니 아들 방으로 들어가 아들이 어떨지 보려고 들어서는데, "엄마. 몇 시예요?" 묻는다. "응, 다섯 시, 일어나도 괜찮겠니?" "졸려 죽겠는데 아빠와 약속을 했으니 일어나야죠." 아들은 못 일어날 듯하더니 벌떡 일어나 옷을 챙겨달라고 한다. 난 아직도 아들이 아이만 같아서 걱정했는데 이젠 아빠를 거들겠다고 선잠을 깨서 일어나는 모습을 보니 대견하다.

　남편과 아들을 논으로 보내놓고 아침 준비를 했다. 논에서 일하는 아들이 어떻게 일을 하나 궁금해서 도대체 집에 있을 수가 없다. 남편과 아들이 좋아하는 찐 계란과 음료수를 가지고 논으로 향했다. 아침 햇살이 퍼지는 들판은 아주

예쁜 초록빛이다. 풀잎마다 햇살을 받아 반짝이는 모습이 영롱하다는 말이 딱 맞다. 동네를 지나 호조벌을 가로 질러 새로 만드는 길을 넘어서 남편과 아들이 일하는 논으로 갔다. 남편은 논두렁에서 뭐라고 하며 아들에게 손짓을 하고, 아들은 아빠에게 무엇을 묻는지 아빠를 향해 손짓한다. 모를 내고 모가 뿌리를 내리면 가지거름을 준다. 요즘은 거름 뿌리는 일을 기계로 한다. 내가 논에 당도했을 때는 이미 아들이 거름 뿌리는 기계로 거름을 다 뿌렸다고 한다. 조금만 일찍 나왔더라면 아들이 거름을 뿌리는 멋진 모습으로 보았을 텐데 하는 아쉬운 마음이 든다. 아들은 목이 긴 장화를 신고 논 가운데를 성큼성큼 걸으며 약을 뿌리고 있다. 모를 밟지 않으려고 몸을 기우뚱거리지만 그 모습이 대견하다. 남편이 며칠 전부터 아들이 논에서 일하다 발을 다칠까봐 아들 장화를 준비하라고 했다. 꼭 긴 물 장화를 사오라고 해서 아들 발에 맞는 물 장화를 사느라고 신발 가게 몇 군데를 갔다. 발이 커서 웬만한 신발가게에는 맞는 치수가 없었다. 그렇게 사온 긴 물 장화를 신고 아들은 일에 열중이다.

아들에게 소독약 봉투를 들려서 논 가운데로 들여보내고 거름이 덜 간 곳을 마무리하는 남편은 속으로 무슨 생각을 할까? 아마도 아들이 일하는 모습을 보면서 안쓰럽기도 하고 이젠 다 큰 아들을 보면서 대견해 하기도 하겠지? 하지만, 지나간 세월을 아쉬워하고 누군가의 힘이 필요해진 것에 마음이 씁쓸하리란 생각도 해본다. 남편은 젊은 날 허리를 펼 새도 없이 저 들판을 종횡무진하며 세월을 다 보냈다. 그리고 머리가 희끗희끗해지도록 농사밖에 모르고 살면서 남편은 아들에게 이렇게 말해왔다. "너는 농사짓지 마라." "열심히 공부해서 힘 안 들이고 편하게 살아라." 자식들에게 농사를 대물림 안 하려고 말하던 일이 엊그제 같다. 참 세월이 빠르게도 지나왔다. 마지막 약 한 봉투를 가지러 나온 아들과 남편이 마주 앉아서 찐 계란과 음료수를 들며 이야기를 나눈다.

"아빠, 아침에 찐 계란이 이렇게 맛있는 줄 몰랐어요." "그래 일찍 들판에서 일했으니 입맛도 날 것이다. 옛날에 농사꾼은 하루 다섯 끼를 먹었는데 일을 하고 나면 금방 소화가 되니 다섯 끼니를 먹어도 부족했다." "어휴. 아빠. 다섯 끼를 어떻게 먹어요? 요즘 그렇게 먹으면 비만에 걸려요. 하하." "이 녀석 편한 소리 하는구나. 아침 새벽부터 일하면 여섯 시에 아침 먹고, 열 시에 새참 먹고, 열두 시에 점심 먹고, 세 시에 저녁 새참 먹고, 그리고 저녁 먹는데.

그만큼 일하니까 소화도 잘되었던 거야. 요즘 아이들 그렇게 일하라고 하면 아마도 다 손들고 못 할 거다. 참 편한 세상이 되었지." "아빠. 이젠 할 일 있으면 이번처럼 미리 말씀해 주세요. 시간 나는 대로 도와드릴게요. 논으로 나오면서 다른 논들을 보니 그래도 우리 논의 모가 제일 좋은 거 같아요. 아빠가 너무 부지런하셔서 그런가 봐요." "이젠 네가 철이 든 모양이다. 그런 말을 다 하고. 그래, 이젠 아빠도 발이 아프니까 걷는 일이 불편해서 네가 좀 도와야겠다." "네. 아빠." 모처럼 부자지간에 정다운 대화가 아침 햇살처럼 반짝거린다. 아마도 올해 농사는 이렇게 해서 대풍이 들 것이라는 예감이 든다.

아들은 논에서 하던 일을 마무리 한다. 남편은 아들이 빠트리고 지나간 곳마다 다시 짚어내며 마무리를 한다. 나는 논두렁 이곳저곳에 버려진 비닐이며, 빈 농약병, 일하다 버리고 간 음료수병이며, 비료 포대 등을 주워 한쪽에 모았다. 남편은 말려서 태울 건 태워야 한다며 그대로 모아 두라고 한다. 논두렁을 돌며 쓰레기를 줍는데 논두렁에 피어 있는 토끼풀들이 싱그럽다. 아침 햇살을 받고 있는 키 작은 토끼풀들은 군데군데 무리지어 있다. 그 자리에 폴싹 앉아 보고 싶도록 소복하다.

아침 햇살과 이곳저곳에 피어 있는 야생화와 토끼풀, 그리고 파랗게 자라는 어린 벼들, 아빠와 아들 그리고 정다운 대화, 부자간의 끈끈한 정. 아침이 눈이 부시다. 선잠을 깨고 새벽일을 한바탕 해치우고 집으로 돌아가는 아들 발걸음이 가벼워보인다. 아들은 아직 느껴보지 못한 노동의 즐거움을 만끽하며 또 다른 사는 방법에 대해 생각할 것이다. 신선한 새벽 공기를 가르며 고요한 들판에서 자기와 나눈 대화는 어떤 대화였을까? 성큼성큼 걸어가는 아들의 뒷모습을 보면서 아무쪼록 이 영롱한 햇살 아래서, 이 신선한 아침 공기 속에서, 더 바르고 더 참된 어른으로 잘 자라나 줄 것을 바라는 마음이 햇살처럼 돋아난다. ▪

알콩달콩 실수

따르릉, 전화 소리와 함께 울음 반 어리광 반 섞인 딸의 목소리가 들려왔다.

"엄마, 손을 베었어요, 아픈데 아무도 없어요." "왜? 어쩌다?" "응, 짜장 만들다가." "아니, 짜장은 무슨 짜장, 직장 다니면서 힘들 텐데 편하게 하지? 그래 얼마나 다쳤니?" "피가 좀 많이 나와요. 아프니까 빨리 오세요." 딸아이의 울음 섞인 목소리다. 이제 결혼한 지 채 이십일도 안된 딸의 전화다. 결혼하기 전에는 손에 물도 대지 않고 빨래며 청소도 해보지 않았던 아이다. 직장 다니랴 주말이면 제 볼일 보느라 집안 살림에 대해선 전혀 신경도 안 쓰던 아이라서 결혼을 하고 제대로 살림을 할까? 은근히 걱정을 해오던 차였다.

며칠 전의 일이다. 밤 10시가 넘었는데 불쑥 집에 온 것이다. "이 밤에 웬일이니?" 걱정스레 물으니까, "응, 엄마 이거 내가 만든 만두야. 내일은 출근하니까 밤에 왔어요." 딸은 만두를 만들었다면서 쟁반에 예쁘게 빚은 만두를 담아온 것이 아닌가?

"회사 다니면서 무슨 시간이 있다고 이렇게 만두를 만들었니?"

"퇴근하고 김치 썰어서 만들었죠." 한다.

"너는 만두 같은 건 한 번도 만들어보지 않았는데 어떻게 했어?" "서당개 삼 년이라잖아요. 엄마가 늘 하던 것을 보았기 때문이야." "보통 때는 몰랐는데 엄마가 하던 것을 떠 올려서 하니까 잘 되었어요." "어제 퇴근해서 양념들을 썰어서 꼭 짜두었다가 오늘 퇴근해서 마무리하고 만두 만들어 시댁식구들을 초대했지." 딸은 자랑스럽게 이야기를 한다.

"웬일이니, 처음 만든 만두로 시댁식구 초대까지 했다고? 시어머니가 뭐라고 하시더니?"

"밥상을 차리니까 깜짝 놀라시며 '어떻게 만두를 다 할 줄 아느냐?'고 하셨어."

"그래, 잘했다, 만두를 보니까, 잘 만들었구나, 너희 시어머니도 좋다고 하셨겠다." 하며 칭찬을 해 주었다.

"만두를 드시면서 '가정교육을 잘 받았구나' 하시던걸, 그리고 오빠도 기념해야 한다고 사진도 찍어놨어요."
항간에 요즘 애들은 아무것도 모르는 것 같아도 시집보

내면 다 한다는 말이 있는데, 내 딸도 그러리라고는 생각도 못했다. 딸은 만두를 만들어 시댁식구들만 드린 게 맘에 걸려서 몇 개 남은 만두를 들고 집으로 달려온 것이다. 몇 개 안 되는 만두를 쪄서 시집 간 손녀딸이 만두를 만들어왔다며, 시어머니께 드렸다.

"아니, 그 애가 어떻게 만두를 다 할 줄 알았니?" "그러게 말이에요. 만두 속도 아주 맛있게 만든 걸요." 시어머니도 만두를 받아들고 아주 신기하다는 듯이 연신 고개를 갸웃거리며 기특해 하신다.

이제 신접살림을 차리고 나니 살림 재미가 드는가 보다. 딸이 살아가는 이야기를 들으며 어렴풋이 짐작해보니 할 수 있는 것은 다 해보면서 사는 것 같다. 거의 매일 모르는 것을 묻는 전화가 온다. "엄마, 만두 속 양념은 무엇으로 만들죠?" "짜장은 어떻게 볶는 거야?" "멸치를 볶으면 자꾸 딱딱해지는데 어떻게 해야 하죠?" 등등 그러면서 저희들끼리 알콩달콩 산다. 맛나게 음식 만들어 즐기며 열심히 기쁘게 살아가려고 힘쓰는 모습이 대견하기만 하다. 그렇지만 결혼한 지 얼마 안 된 내 딸이 달그락거리며 사는 게 예뻐 보이기도 하지만 아직은 어린애 같은 딸이다. 그런 딸이 시집갔다고 부엌일을 하며 부엌데기 아줌마 티를 내는 게 맘을 아프다.

친구들은 내가 이런 말을 하면 "딸이 그렇게 하면 좋지 뭘 그러니?" 한다. 하지만 나는 그냥 맘이 아려온다.

이런 생각들을 하며 약방에서 상비약을 사가지고 딸네 집을 가니 잔뜩 손을 움켜잡고 울상이 되어 있었다. 당근을 손바닥에 놓고 자르다 손을 자른 것이다. 아직 칼도 잘 다룰 줄 모르는 딸이다.

"아이구, 이 딸아. 넌 아직 주부 초보도 아냐, 어쩌자고 당근을 손바닥에 놓고 칼로 써니?"

"칼이 그렇게 쭉 나갈 줄 몰랐어요."

"이제는 아예 칼로 하지 말고 가위로 해라, 요즘은 다들 가위를 잘 사용하더라."라고 말하며 웬만하면 손 안가고 쉬운 음식을 만들어 먹으라고 신신당부를 하였다. 하지만 그 후로도 딸은 이것저것 음식을 만들어 새벽이고 밤이고 가지고 오는 일이 잦았다.

"직장 다니면서 바쁜데 이렇세 가저오지 않이도 되, 조금씩 만들면 쉽지."

"엄마가 음식을 많이 하는 것만 보아서 적게 하는 게 안 되요."

"그렇겠구나, 엄마는 식구가 많으니까 어쩔 수 없지만

너야 뭘 그러니. 이제는 모자란다 싶게 준비해서 알콩달콩 너희끼리 즐겨보는 거야."

딸은 한동안 음식량 조절하는 걸 힘들어 했지만 신접살림을 알콩달콩 꾸리며 살아가는 모습을 보면서 한 시름 놓게 되었다. ◼

시어머니의 발치拔齒

　우리나라 전통사회제도 중에 남아선호사상은 가부장제도와 맞물려 있다. 그리고 여성들에게 고부간의 갈등이라는 말을 낳았고 이는 세계적으로 특별한 가정 문화가 되었다. 시어머니와 며느리에 관한 일화는 수없이 많다. 가문의 대를 이어갈 자손의 생산자인 며느리와 시어머니의 관계는 가문의 아들을 낳은 존재라는 말에 일맥상통한다. 이러한 여인들끼리 동병상련보다 시샘이 앞서 며느리는 시어머니의 눈에 가시 같은 존재였다. 얼마나 며느리가 미웠으면 꽃이름의 세계에도 '며느리밑씻개', '며느리밥풀꽃', '며느리배꼽' 등 따갑고 불편한 풀꽃에 며느리란 명칭을 달았을까 하는 생각도 든다. 이렇듯 며느리는 시어머니의 밥이었던 시대가 있다. 시어머니가 낳은 아들과 함께 사는 며느리에 대한 시어머니의 유세는 한국사회에서 여성들의 피나는 눈물의 역사를 만들어냈다. 호주제 폐지와 함께 맞벌이부부가 살아가는 요즘 시대에는 그 관계가 역전되어 며느리 수난시대가 아닌 시어머니 수난시대라는 말을 곧잘 들을 수 있다. 요즘 같은 시대에는 오히려 시어머니의 현명한 처세가 필요한 시대가 된 듯하다.

나의 시어머니 또한 전통적인 시어머니의 표본이셨다. 그런데 연세가 팔십 후반이 되셨을 때 시어머니는 가끔 찾아오시는 친구 몇몇 분들 이야기 중에나 텔레비전 속에서 시대의 변화를 느끼신 걸까? 아님 같이 늙어가는 며느리에 대한 측은지심이 생겨난 걸까? 어쨌든 어떤 연유에서인지 몰라도 조금씩 부드럽게 변화하는 모습이 보여서 현명한 판단이라기보다 오히려 측은지심이 느껴진다.

겨우내 여기저기 아파서 병원신세를 지는 동안, 시어머니는 내게 문병을 오시기도 하고 퇴원을 하고도 자주 내 방을 찾기도 해서 나를 당황하게도 하셨다.

그런데 얼마 전 위쪽 치아 하나 남은 게 아프다고 하시며 내 방에 오셨다. "어머니, 그냥 두지 말고 내일 아침 병원에 같이 가요." 했더니 그러겠다고 하셨다. 다음날 아침, 시어머니와 차에 막 오르는데 아들이 마당으로 나선다. "엄마, 오늘 위 내시경 검사 예약했다고 아침 금식을 하시더니 할머니하고 어딜 가세요?" "응, 할머니 치과에 모시고 가려고, 이가 많이 아프시대." "그럼 제가 모시고 갈게요. 엄마는 아빠랑 시간 맞추어서 위내시경 검사하러 가셔요." "그래, 네가 가면 할머니도 더 좋아하실 테고, 그러면 좋겠다." 그러자, 시어머니는 "아니다. 난 에미랑 갈련다." 하신다. "어머니가 그러시다면 그래요." 하고 차에 시동을 거는데 남편이 밭에 다녀오다가 시어머니 모시고 병원에 가려는 나를 의아한 눈빛으로 쳐다본다. "위내시경 검사 하는 날인데 어디 가는 거야?" 하고 묻는다. "어머니 치과에 모시고 가려고요." 하자 "그럼 내가 다녀올게. 당신은 내시경 검사하러 갈 준비나 하고 있어요." 한다. 그 소리를 듣고 시어머니는 의외의 말씀을 하신다. "예, 난 에미랑 가련다." 생각지도 않은 어머니의 말씀이다. 이건 의외의 사건이다.

차를 타고 치과에 가는 동안에도 어머니는 여러 가지를 물으신다. "이빨 빼는데 얼마나 시간이 걸리겠니? 얼른 하고 와서 너도 병원가거라," 하신다. 그동안 시어머니는 이가 부서지고 빠셔노 식구들이 치과를 가사고 하면 치과는 무서워서 못가겠다고 하시면서 한 번도 안 가셨다. 그런데 이번에는 아무리 빼려고 해도 빠지지도 않는 이가 너무 아파서 그 무서운 치과를 며느리인 나하고 오신 것이다.

치과에서 시어머니는 두려워하며 진료실 의자에 앉으신다. 안정되도록 곁에서 지키고 있는데 앉아 있는 모습이 아주 작고 초라한 노인이다. 그렇게 차고 팔팔하던 시어머니였는데 세월이 이렇게 작고 나약하고 힘없는 노인으로 만든 것 같았다. 지켜보는 마음이 자꾸 안쓰러워지는 건 왜인지 모르겠다. 시어머니는 두근거리는 마음을 진정하지 못하고 혈압이 점점 높아진다. 간호사들이 혈압이 내리기를 기다리는데 좀처럼 내리지 않는다. "어머니, 마음 푹 놓으셔요. 여기가 우리나라에서 이를 제일 잘 빼는 병원이에요. 그리고 아까 보신 의사선생님이 제일 안 아프게 이를 빼는 선생님이시구요. 그러니까 맘 푹 놓으셔요."라고 마음을 안정시키도록 말했다. 간호사들과 의사선생님이 몇 번을 들여다보고 혈압을 재었으나 혈압은 내리지 않았다. 결국 다음에 진정하고 다시 오시기로 하고 그냥 집으로 왔다.

며칠 후 다시 병원을 가서 발치를 한 후에도 시어머니는 며느리와 함께 치과를 다녀오신 걸 대단히 뿌듯해하신다.

전통사회제도가 바뀌면서 변화한 이 사회의 현상이 우

리 집에도 반영된 건가 생각을 하면서도 그건 아니라는 생각이 든다. 몽돌이 깔린 시냇가의 풍경은 아름답다. 모난 돌들이 오랜 시간 치이고 닦여 둥글둥글한 몽돌들로 아름다운 세상을 만들고 있는 것이다. 그렇듯이 오랫동안 공존하면서 치인 시어머니와 며느리의 시간이 가정이라는 냇가에서 몽돌이 되었으리라. 이제는 남은 세월을 서로 구르면서 어루만지는 일만 남은 셈이다. ▪

134 시위를 당기기 시작했다

우린 죽마고우 아닌가

우린 죽마고우 아닌가

　폭우를 동반한 장마가 많은 인명피해와 재산피해를 내고 지나갔다. 호조벌도 물이 넘치고 둑이 터졌다. 한 달 전, 다리를 다쳐서 깁스를 한 남편은 논이 어떻게 되었는지 모르겠다며 걱정한다. 남편을 자동차에 태우고 아침 일찍 논으로 나갔다. 폭우와 장마를 겪은 호조벌의 논은 약간의 노란빛을 띤 초록빛 벌판이다. 남편은 이삭거름을 주어야 할 때라고 한다. 장마와 홍수를 겪었지만 이제 벼이삭 필 준비를 해주어야 할 때가 된 것이다. 들판엔 이따금 비가 그친 틈에 이삭거름을 싣고 나오는 경운기들이 눈에 띈다. 이삭거름을 주어야 벼들이 제대로 이삭을 배고, 피우고, 좋은 이삭으로 여물기 때문이다. 남편의 표정이 내게까지 전해져 걱정이 앞선다. "우리노 이삭거름을 주어야 하는데…"라며 목발을 짚고 넓은 들을 돌아본다.

　그 사이에 자기 논들을 돌아보고 나오던 남편 친구들이 반갑게 다가온다. "어이, 발은 좀 어때?" "이왕 논까지

나왔으니 얼른 거름포대 짊어지고 거름 주고 들어가는 게 어때? 한 다리 번쩍 들고 말이야, 허허." "이 사람들이 나를 놀리는 거야? 그나저나 걱정일세." "이 사람아, 뭘 걱정을 해? 친구 좋은 게 뭔가!" "걱정 말게, 우린 죽마고우 아닌가!" 무엇을 걱정하는지 말하지 않아도 알고 있는 친구들이다. 그들은 서둘러 집으로 들어와 경운기에 거름 뿌리는 기계와 이삭거름을 싣고 논으로 나섰다.

남편과 친구들은 어릴 때부터 한 동네에서 같이 자라고, 같이 늙어온 죽마고우들이다. 사시사철 일이 있으면 함께 돌아가면서 일을 하던 분들이다. 농사철에 다친 다리를 누구보다 먼저 걱정을 해주는 사람들이다.

무더운 여름철 넓은 논에 거름 주는 일은 고된 일이다. 옛날엔 이삭거름 주는 일이 지금보다 훨씬 더 힘이 들었다. 거름통을 안고 발이 푹푹 빠지는 논을 걸으며 손으로 거름을 뿌리는 일의 힘겨움이란 해보지 않은 사람은 모른다. 햇볕은 내리쬐는데 20㎏ 거름 한 포대씩 허리에 안고 넓은 들에서 골고루 뿌려주어야 한다. 다행히도 요즘은 거름통도 기계화되어 농가의 일손은 훨씬 편해졌다.

남편 친구 두 명이 한 사람은 기계를 짊어지고 논에 거름을 뿌리고, 한 사람은 거름을 둑으로 옮겨놓으며 거름

통에 넣어준다.

나는 남편을 차에 싣고 시원한 음료수와 담배를 가지고 그 분들이 일하는 논으로 나갔다. 논을 한 바퀴 돌고 나오는 남편 친구들에게 음료수를 건네준다. 이렇게 더울 때 막걸리도 좋지만 한 모금 마시는 시원한 음료수는 꿀맛이다. 한 그릇씩 마신 친구들은 남편을 보며 한 마디 건넨다. "친구, 이대로 잘 자라주면 올 가을 자네네 벼농사 풍년일세." "벼 포기가 실하고 아주 좋네." "그래? 다 자네들 덕이지. 고마우이.", "내 나중에 걸차게 한잔 사지."

앞 방죽 논에 거름을 주고 나서 개자리에 있는 작은 배미로 경운기를 옮겼다. 거름을 나르는 일은 쉽지 않다. 경운기에서 개자리 논까지 가려면 후미진 개울을 건너야 하기 때문이다. 나도 거름 한 포대 들고 개울을 건너는데 나무다리가 휘청거리는 바람에 남편의 친구들이 한바탕 웃는다. "그냥 두세요, 우리가 할 테니, 나중에 시원한 아이스케키나 주세요." 한다.

거름을 뿌리는 동안 논둑을 한 바퀴 돌아보았다. 장마통에 논에 물이 넘치면서 물꼬가 터져 있었다. "여보, 물꼬가 터졌는데 어떻게 하죠?" 자동차에서 내려 논을 내려다보는 남편에게 손짓을 해 보이자 차에서 삽을 들고 손짓을 한다. 남편 친구는 삽을 받아들고 빈 거름포대에 흙을 담아서 터진 물꼬를 막아준다. "거름이 녹으면서 물이 빠져나가면 거름을 헛 준 거예요." "어휴. 그래도 관리가 잘 되어서 그 비에 이만하네요." 적당히 물이 흘러 넘칠 수 있도록 물꼬를 막고 일어서는데 거름을 다 뿌리고 둑으로 나오던 남편 친구들이 소리를 친다. "어이, 이왕 물꼬를 보려면 앞 방죽 논 물꼬도 다시 돌아보게." "그렇잖아도 그러려던 참이네." 이렇게 남편친구들은 논에 벼이삭 거름을 주고, 물이 흘러내리지 않게 물꼬를 막아 주었다.

일을 마친 논을 다시 돌아보았다. 벼 포기들이 어느새 더 진한 초록빛으로 변해 가는 느낌이다. 햇볕과 바람에 살랑대는 벼 포기들을 보면서 남편 친구들의 고마움이 깊이 느껴진다. 그 분들의 따뜻한 우정으로 들판은 곧 탐스런 벼꽃이 피게 될 것이다. 그리고 풍성한 가을을 맞을 것이다. ■

완두콩을 따며

"여보, 해가 중천인데 여직 뭐하는 거야. 밭에 나와 뭐 좀 건져보라고." 꼭두새벽 일어난 남편이 논과 밭을 한 바퀴 돌고 왔는지, 수선스럽게 현관에 들어서며 한 소리한다. "걱정 말아요. 그렇잖아도 밖으로 나가려던 참이야~요." 이슬이 흠씬 내린 초여름 아침이다. 날씨가 점점 더워지며 입맛이 떨어지는 시기다. 무엇으로 아침 식탁을 차려야하나, 하며 밖으로 나가려던 참이었다.

현관문을 여니 마당 텃밭에 푸른 야채며 열매채소들이 풍성하다.이런 풍경을 내려다보면 마음까지 싱그럽고 풍성해진다. 요즘은 비가 자주 내리고, 이슬도 내려서 아침 텃밭은 더욱 푸르다.

새로 나오는 상추 잎과 쑥갓을 솎고, 아욱을 한 줌 뜯고 돌아서려는데 남편이 소리친다. "어이, 완두콩이 영글었는데, 이리 와 봐요." "영글긴 뭐가 영글어요. 좀 더 있어야 할 것 같던데." 며칠 전까지만 해도 꼬투리가 납작해 있었기 때문에 별스럽지 않게 대답하곤 남편을 바라

봤다. 남편은 자신이 있는 쪽으로 오라고 손짓을 한다. 감자 두렁을 지나 강낭콩과 함께 심은 완두콩 두둑으로 갔다.

엊그제만 해도 꼬투리에 윤기만 흐를 뿐 알맹이가 덜 잡혀서 영글지 않았던 완두콩이다. "이것 봐, 이렇게 잘 영글도록 뭐 했어?" "어머, 웬일이야. 벌써 통통해졌네." 남편의 핀잔 아닌 핀잔을 들으며 완두콩을 들여다보았다. 아마도 갑자기 기온이 올라간 탓에 콩이 빨리 영글었는지 콩꼬투리가 탱탱하다. 덩굴에 주렁주렁 달려 멋진 자태를 자랑하고 있다. 잘 여문 꼬투리는 표면이 오돌토돌하게 나와 있어서 영근 강도를 알 수 있다.

"아니, 그새 이렇게 잘 여물었을 줄은 몰랐네. 하마터면 장마 통에 썩을 뻔했어요." "그럼, 오늘 아침은 완두콩 넣고 밥을 해서 먹읍시다. 그리고 비 오기 전에 완두콩을 땁시다." 남편의 말과 함께 우리는 아침식사에 쓸 콩을 따기 시작했다. 만져지는 꼬투리 하나하나가 투실투실하게 탐스럽다. 손 안에서 푸짐하다. 이 녀석들이 이렇게 자라서 알이 꼭꼭 차준 것이 대견하다.

콩꼬투리가 든 소쿠리를 들고 마당으로 나와서 꼬투리를 깐다. 이런 일은 좀스럽다고 거들지 않던 남편도 마주 앉아 콩을 깐다. "야, 고것들 잘 영글었는데?" "그래, 정말 통통하고 윤이 반짝반짝하죠?" "밥에 두면 반찬 없어도 밥 한 그릇 너끈히 해 치우겠다." 남편은 벌써 입맛을 다시고 있다.

나는 완두콩 한 꼬투리를 까면서 가만히 들여다보았다. 꼬투리 안에는 다섯 톨, 여섯 톨, 일곱 톨 정도의 콩알들이 가지런히 잠자고 있다. 그러다가 껍질을 까면 갑자기 달려드는 햇살에 콩알들이 눈부셔 한다. 그 수줍은 푸른빛이 고와서 콩을 깔 적마다 풋내와 함께 마음도 눈이 부시다. 해마다 여러 가지 초식을 가꾸었지만 완두콩은 올해 처음 심은 작물이다. 그래서인지 탐스러운 초록빛 콩알을 보니 대견하고 신비롭고 고맙다. 늘 농사를 짓던 사람도 이러한데 도시 사람들이 주말농장이라든가 인근 밭에서 콩을 심어 열매를 따면 얼마나 신기해 할지 짐작이 간다.

서둘러 완두콩 한 움큼 집어넣고 아침밥을 했다. 하얀 밥 위에 올려 진 파릇한 콩이 입안에서 부드럽고 달콤한 맛을 낸다. 부드럽고 달콤한 콩밥을 먹으니 이 맛을 보여주고 싶은 자식들이 생각난다. 요즘 입맛이 없다고 밥을 거부하던 남편은 달콤한 콩밥으로 입맛이 돌아 왔는지 밥 한 공기를 거뜬히 해치우고 다시 나간다.

주말에 비가 온다는 예보가 있었다. 우리는 비가 오면 완두콩이 짓무를까봐 주섬주섬 콩꼬투리를 딴다. 콩 줄기들이 얼기설기 얽혀 있어서 그 속에서 꼬투리를 골라서 딴다. 통통하고 반짝이는 콩꼬투리가 토토톡 하고 떨어져 나온다. 꼬투리 하나하나가 모여 한 소쿠리가 되고 소쿠리가 가득차면 큰 자루에 담았다.

농사짓는 사람들에게는 이것이 손맛이라고 할 수 있다. 손으로 느껴지는 풋풋함 때문에 힘들어도 농사를 짓는 이유일 것이다. 해가 중천으로 떠오르자 땀이 비 오듯 쏟아진다. 땡볕에서 헐떡거리며 숨이 턱까지 차오르는데 남편은 콩꼬투리를 따는 게 즐거운가 보다. 옷이 땀으로 푹 젖을 무렵 콩꼬투리가 마대자루로 한 자루 가득 차면서 끝이 났다.

문득 시집간 딸들이 이번 주말에 온다고 했다. 시동생과 친정동생들, 그리고 가까이 지내는 이웃들까지 생각이 난다. 콩꼬투리처럼 한 울타리 안에서 살았던 가족들과 이웃들에게 달콤한 콩 맛을 보여주고 싶다.

콩꼬투리 같은 울타리 안에서 몸을 부비고 마음을 부비고 살았던 사람들을 손가락으로 한 명씩 짚었다. 한 명을 짚으면 또 한 명이 걸리고 또 한 명을 짚으면 또 한 명이 걸리고, 이웃들 모두가 맘에 걸린다. 콩 한 톨이라도 나누고 싶은 이웃들이다. 곡식이나 풋것들이 날 때면 생기는 일이다. 이 반짝이는 초록빛 콩꼬투리들을 나눌 생각을 하니 기쁘다.

나는 싱그러운 산소 한 모금 집어주는 기분으로 콩꼬투리들을 봉지에 담는다. ▪

친구라는 관계

저녁식사를 끝내고 모처럼 책장을 뒤적거리다 책을 펴 드는데 전화가 왔다. "야야, 올해 총각무 심은 거 어떻게 됐니? 내가 지난여름부터 맞춰 놓았으니까. 문제없이 잘 됐지?"

"응, 그래그래. 언제 필요한데?"

"내일 토요일이라서 내일 썼으면 좋겠다."

"그러니? 그런데 김장으로 총각무김치를 하기는 좀 이른데, 왜 갑자기?"

"이번 주 쉬는 날 하지 않으면 다음 주부터는 일이 있어서 힘들 거 같아. 그래서 미리 하려고."

"그럼 내일 뽑아 줄께. 내일 일찍 와."

아침에 일어나니 새벽부터 비가 내렸는지 땅이 흠뻑 젖어 있다. 젖은 흙을 밟고 밭에 들어가 무를 뽑는 일은 불편하다. 물에 잠긴 밭에 들어가 밟아대면 밭의 흙이 더 뭉치고 상태가 나빠진다. 발이 빠지는 밭에서 총각무 한 개를 뽑아드니 빨간 흙의 진흙투성이 무가 나온다. 뽀얀고 결 고운 총각무가 진흙에 얼룩져서 볼품이 말이 아니다. 뽑아야 할지 말아야 할지 고민이다.

어떻게 할까 망설이며 궁리를 해보았다. 직장을 다녀서 주말에만 시간이 있는 친구들은 주말에만 김치를 한다. 친구는 다음 주말부터 시간이 없다고 했다. 생각해보니, 우리 집도 다음 주말부터는 사촌동생네 딸 결혼이고, 매 주일마다 집안에 중요한 일이 겹쳐서 이번 주말이 지나면 밭에서 일할 시간이 없을 것 같았다. 또 그렇게 몇 주 지나면 추위가 몰아칠 것이고, 날씨가 추워지면 밭에 채소들이 얼어붙을 것이다. 답이 나왔다. 비가 오던지, 밭에 물이 잠겼던지, 총각무가 진흙으로 엉망이 되던지, 누가 뽑아 달라고 할 때에 얼른 뽑아야 한다는 결론이 내렸다.

서둘러 우비와 장화를 신고 밭에서 총각무를 뽑는데 전화가 왔다. "비가 오는데 총각무를 뽑을 수 있니? 다음에 하면 안 되니?" 친구는 날씨도 좋지 않은데 밭에서 일하는 친구에게 미안한 눈치다.

"안 돼, 벌써 뽑고 있는 걸."

말해놓고 괜히 뽑는다고 했나 후회 하면서 우리는 친구니까, 친구끼리 사정을 봐주는 거지 하면서 불편한 맘을 그냥 넘긴다. 이번에 총각무를 뽑지 않으면 언제 또 작업을 하게 될지 모른다. 뽑는 김에 총각무를 다 뽑으려고 해마다 김장채소를 가져가던 친구들에게 전화를 더 하고 주문을 받았다.

추적추적 내리는 비를 맞으며 총각무 뽑는 일은, 춥고 힘들다. 장화는 진흙으로 뭉쳐서 발을 옮길 적마다 천근같이 무겁다. 몇 명이 주문한 총각김치의 양을 채우려니 밭 한 뙈기를 다 뽑아야 하니 지치기도 한다. 하지만 한 번에 다 뽑게 되어 다행이라고 스스로 위로하며 뽑는다.

농사짓는 친구의 농산물을 구입해 주는 친구들을 고마워하며 한 뙈기의 밭에 총각무를 다 뽑았다.

비 오는 날 총각무김장을 하라고 하는 내가 아주 이기적인 인간이라는 생각에 맘이 불편하기도 하다. 하지만 잘 키운 채소를 적당한 시기에 뽑는 것은 농사를 짓는 사람에게 필수다. 또한 적당한 시기에 뽑은 무로 김치를 해야 더 맛있는 김치를 하게 되니 서로에게 좋은 일이다.

비닐 봉투에 주문한 량의 총각무를 담아서 집집마다 배달을 하고 나니 저녁 무렵이다. 진흙투성이가 된 몸으로 기진맥진한 상태로 마지막 친구에게 총각무를 가져가니, 저녁 식탁을 차려준다.

이제 농사철이 끝나간다. 밭에는 배추, 돌산갓, 순무, 무, 파 등 채소가 김장독을 향해서 대기 중이다. 농사짓는 일은 고되어서 끈질긴 집념과 보살핌이 성패를 좌우한다. 그리고 제 때에 수확해서 판매하는 일 또한 큰일이다.

비록 빗속에서 총각무를 수확했지만 한 가지 일을 마무리했다. 할 일을 하고 나니 후련하다. 친구들도 딱 알맞게 자란 총각무로 김치를 하니 잘 된 일이다. 이번 비에 밭에 남아있는 채소들은 그동안 가뭄을 해갈하고 알차게 속을 채울 것이다.

나는 다행히도 나를 믿고 생각해주는 친구들이 있어서 감사하고 행복하다. ▪

웃음 바이러스

꽃들이 만발한 오월이 다가온다. 틀에 박힌 생활로 안에서 맴돌고 있는데 창을 여니 몸보다 마음이 먼저 밖으로 나간다. 봄이 가기 전에 화려하게 펼쳐지고 있는 현장에 서고 싶다. 그것이 봄에 대한 예의 일 것이다라고 생각하며 오랜만에 거울 앞에 선다. 주름이 잡힌 얼굴이다. 나를 지켜온 굳은 근육들을 근심스런 모습으로 바라본다. 틀에 박힌 일상 속에서 과묵하게 변형된 얼굴을 보면서 가랑잎만 봐도 깔깔거리며 웃던 시절이 떠오른다.

내게도 18세 소녀시절이 있었다. 그 때는 부딪쳐오는 것들이 왜 그렇게 재미있고 즐거웠던지. 매일 만나는 친구들 얼굴만 봐도 함박웃음이 터져 나왔다. 양말 뒤꿈치가 터져 하얗게 살이 나온 발을 보면서 배를 쥐고 웃었었다. 아이를 키우면서 힘들고 어려운 시절에도 웃음은 있었다. 종일 동무들과 놀다가 코 묻은 얼굴로 먼지투성이가 되어 대문을 들어서는 아이들을 보면서 배를 쥐고 웃으며 안아주었다. 등에 아이를 업고 새참광주리를 머리에 이고 한 손엔 작은 아이 손을 잡고 작은 아이는 큰 아이 손을 잡고 즐겁게 웃으면서 논밭을 오가던 때를 생각하면 지금도 빙그레 미소를 짓게 된다. 고되고 어려웠지만 그 속에서도 웃음이 흔하던 시절이었다. 그 시절보다 시간적 여유나 생활의 여유가 있는 요즘인데도 크게 맘껏 웃어 본 적이 별로 없다. 거울 앞에서 입을 크게 벌려 웃어 보았다. 왠지 웃음이 부자연스럽고 꾸며낸 웃음 같다. 이리저리 입 모양을 고쳐보면서 자연스런 표정을 만들어 보려고 애를 쓴다. 거울을 보며 웃어보다가 언젠가의 일이 생각난다.

운전을 하다가 피곤이 몰려와 주차장에 차를 세우고 잠시 눈을 감고 있다가 잠깐 잠들었다 눈을 떴다. 눈을 뜨는 순간, 누군가 나를 들여다보며 활짝 웃고 있는 게 아닌가, 깜짝 놀라 정신을 차려 보니 창밖의 백미러에 비친 젊은 여인이었다.

여인은 차 안에 사람이 없는 줄 알고 내 차의 백미러를 보며 립스틱을 바르고 이를 내놓고 활짝 웃고 있었던 것이다. 나는 조용히 눈치 채지 못하게 백미러에 비쳐진 그녀의 웃음을 지켜보았다.

'즐거워하고 웃는 얼굴이 가장 좋은 상이다.' 송나라 관

상가 '마의'의 말이다. 그녀는 누군가를 만나러 가면서 크게 웃음을 웃어 부드럽고 따뜻한 인상을 지어내려는 것 같았다. 입이 귀에 걸리도록 환하게 몇 번 웃음을 짓고 총총히 앞의 건물을 향해 걸어가는 그녀의 뒷모습이 활기찼다.

잠깐 사이의 일이지만 그 웃음이 나에게도 전파되었는지 종일 마음이 훈훈하고 나도 모르게 입가에 웃음이 돌고 있었다.

"무슨 좋은 일이 있었나?"라고 남편이 묻는다.

아침에 잡다한 살림살이 문제 때문에 서로 목소리를 높였던 것도 잊은 채, "좋은 일이 있지요. 알지 못하는 여인의 웃음이 내게 전파 되었다는 거."

"생뚱맞게 무슨 소리를 하는 거야?"

나는 낮에 있었던 일을 천연덕스럽게 남편에게 이야기해주니 남편도 빙그레 웃는다. 아침에 의견이 엇갈려 서로 높였던 언성 때문에 얼굴을 바로 보고 싶지 않았다. 그런데 웃음이야기를 하면서 소원했던 감정이 누그러들었다.

남편이 내가 하는 소리를 듣고 웃어주니 우리는 언제 그랬느냐는 듯이 언짢은 감정이 사라진다. '윌리엄 프라이'는 '웃음은 전염된다. 웃음은 감염된다. 이 둘은 당신의 건강에 좋다.'라고 하였다. 알지 못하는 그녀의 웃음이 우리 가정에까지 전달되어 우리가 격하게 언성 높였던 일을 잊어버리고 부드러운 말이 오가고 있다.

'좋은 웃음은 집안의 햇빛이다.' 라는 말이 있다. 복잡하고 바쁜 생활 속에서 짐짓 잃어버리기 쉬운 게 웃음이다. 오월의 풍경이 아름답게 다가오는 오월이다. 환하게 웃는 저 거대한 꽃들의 세상과 만나는 계절이다. 밖으로 나가기 위해 거울을 보며 주름진 얼굴에 립스틱을 바르고 활짝 웃는다. 얼굴의 굳은 근육을 부드럽게 풀어주며 몇 번이고 거울 속의 나를 향해 활짝 웃어 보인다.

'사람은 함께 웃을 때 서로 가까워지는 것을 느낀다.'라고 '버스카글리아'는 말했다. 어느 순간 남편도 따라 웃으며 내가 나가는 길에서 함께 걷고 있는 것을 본다. ▪

살얼음과 관계에 대해서

햇볕이 많은 곳에서 시작되는 봄기운이 파르스름하더니 제법 푸른빛이 돈다. 마당에 나서니 겨우내 얼음에 묻혀있던 낙엽들이 얼음이 녹으면서 여기저기서 논다. 빗자루를 들어 묵은 먼지까지 쓸어낸다. 낙엽 아래서 냉이며 새 움이 푸른빛을 띠고 나타난다. 청소를 하여 말끔해진 마당 댓돌 위에 앉으니 누군가 정다운 사람과 이야기를 나누고 싶어진다. 핸드폰으로 한동안 뜸하게 지냈던 친구의 전화번호를 누른다.

"어머, 이거 누꼬? 잊겠다 싶어 연락을 하려던 참이었는데…"

"그래 먼저 전화 좀 하면 안 되나, 가스내야."

"그래, 맞다 맞아, 한데 내가 부상을 당했다는 거 아이가?"

"웬 부상?"

"며칠 전에 봄맞이 대청소로 뒤란 청소를 하다가 살얼음을 딛고 뒤로 넘어졌지 뭐야, 덕분에 다리 깁스하고 누워있으니 놀러 오려므나, 가스내야. 살얼음 그거 사람 잡는 거더라. 겉보기엔 멀쩡한데 얼음 아래에 물이 흐르고 있는 줄 누가 알았겠노."

연신 살얼음, 살얼음 하고 목소리를 높인다. 요즘 날이 따뜻해지면서 두껍게 얼었던 물이 아래서부터 녹는 때이다. 개울에 나가면 위에는 얼음이고 아래는 물이 흐르는 것을 본다. 위에 얼음만 보고 발을 디디면 미끄러지기 딱 좋을 때다.

살얼음은 마당에만 있는 것이 아니다. 한치 앞을 못보고 사는 우리에게 살얼음은 도처에 널려 있다. 언제 어디서 무슨 일이 닥칠지 모르면서 아등바등 사는 것이다. 일벌레처럼 앞만 보고 살다보면 자신도 모르게 미끄러져 곤경에 빠지곤 한다. 그렇다고 돌다리 두드려보고 걷듯 모든 일을 두드려보고 신중에 신중을 기하면서 시작할 수는 없는 일이다.

사람의 관계에도 살얼음은 있다. 그럴 때 황당하다. 새롭게 사귄 사람이 겉으로 보기에는 아주 친절하고 정다워 보이더라도 속마음은 알 수가 없다.

사람을 알아가다 보면 서로 챙겨주는 마음이 생겨 더욱 두터운 우정으로 변신하기도 하고, 돌다리처럼 든든한 버팀목이 되어 평생을 함께하는 관계로 발전하기도 한다.

반면에 사람을 통해 손익을 계산하며 만나는 사람이 종종 있다. 필요에 의해서 만나려는 사람은 그럴듯한 말로 다가온다. 이럴 때 속을 모르고 손을 잡다가 낭패를 당하는 경우가 종종 있다.

또한 말에도 살얼음이 있다. 말을 통해 우리는 아름다운 꿈을 꾸기도 한다. 말을 통해 세상을 향해 더욱 굳세게 돌진할 수도 있고 말을 통해 마음을 평정할 수도 있다.

반면에 상대편의 입장을 생각하지 않고 가볍게 말을 던지는 사람도 있다. 아무렇게나 무심코 던진 말 때문에 살얼음에 미끄러지듯 비수에 찔려 아프게 살아가는 사람도 있다.

건강의 살얼음도 있다. 건강에 자신이 있다고 믿었던 사람이 어느 날 갑자기 불치의 병으로 아픈 세월을 보내는 경우가 있다. 건강한 겉모습만 보았기 때문에 병이 깊은 줄 몰랐던 것이다. 건강에 대해 안일하게 생각하고 술과 담배와 식습관을 함부로 하다가 봉변을 당한 예다. 이 또한 살얼음을 디딘 것이다.

이렇게 삶의 도처에는 많은 살얼음이 우리를 기다리고

있다. 혹시 친구와 나 사이에 속 모르는 살얼음이 있었을까를 생각해 본다. 다행히 우리는 속을 다 보여주고 있는 관계다. 우리 관계가 더 진전되어 푸른빛 새싹을 틔울 것을 예감한다.

바쁘다는 핑계로 소식이 뜸했던 우리들이다. 이 봄볕 아래 서로의 마음에 따뜻한 온기를 지펴 살얼음을 모두 녹이고 이 봄처럼 요란해져야겠다. ▪

경제소생술

아주 오래된 친구들을 만나고 온 날은 가슴이 후련하다. 뭔가 꽉 막고 있던 것들이 뚫리고 길이 환하게 보이는 기분이다. 살면서 여러 친구들이 있지만 유독 초등학교 때부터 붙어 다니던 친구들을 만나고 온 날은 마음이 상쾌하다. 기쁠 때나 슬플 때나 화날 때나 어떤 마음을 가지고 만나도 허심탄회하게 나눌 수 있는 친구들이어서 돌아올 땐 가벼운 발걸음이다.

우리가 나누는 이야기들은 여러 가지다. 어떤 이야기가 나오든 우리는 질책보다 위로의 편에 선다. 위로가 있고 난 후에는 보통은 대책이 나온다. 친구들은 현명해서 서로 살아가는 이야기를 하면서 어떻게 일을 풀어가야 할지를 판단하게 된다.

이야기의 주제도 시대에 따라 변해가기 마련이다. 젊었을 때는 남편과 시댁 이야기에서 아이 기르는 이야기, 자식들 진학 이야기, 며느리 사위 이야기, 손자손녀 이야기를 하고, 이제는 함께 늙어온 배우자의 약해진 모습을 보면 측은해진다는 이야기까지도 한다. 이야기 중에는 항상 경제적인 이야기가 들어 있다. 지금도 마찬가지이다.

지난겨울부터 시작된 전염병 코로나19 때문에 한동안 만나지 못했다. 코로나19가 잠깐 뜸했을 때 방역지침을 지켜가며 만났다.

그날의 주제는 코로나19가 어떻게 흘러갈 것인가와 그로 인해 생겨나는 경기 불황에 대해서 이야기를 하게 되었다. 경제 감각에 둔한 나는 코로나19가 극심해서 호불호가 갈리는 요즘, 오프라인 시장이 타격을 입고 온라인 시장이 우세하다는 것도 알게 되었다.

한 친구는 조그마한 식당을 하고 있는데 식당이 너무 한산해서 식당 유지비도 못 건진다고 한다. 하지만 너나할 것 없이 사람들이 많이 모인 자리를 피하는 시기이니 한탄할 수도 없다. 친구들은 어떻게 하나라는 소리만 할 뿐이다.

또 한 친구는 남편이 퇴식을 하고 늘그막에 도심에 상기를 마련해서 월세로 빌려주고 있는데 그 상가가 거의 문을 닫다시피 해서 월세 받는 일도 어렵다고 한다. 달랑 그 월세를 받아서 생활하던 친구는 생활이 어렵다고 한다.

특히 여행사를 하는 친구는 해외여행을 문의해 오는

사람이 전혀 없어서 한동안 문을 닫았다고 한다. 직장에 다니는 친구들 또한 직장이 불안하다는 이야기를 하니 한 사람도 사는 게 편안한 친구가 없다. 우리는 서로를 위로할 뿐이었다.

여기저기 상가들이 비어있는 곳이 눈에 뜨인다. 지나는 사람이 별로 없다. 내년에는 경기가 더 어두울 것이라고 전망한다. 그건 경고다. 그런 경고를 들으며 헐렁한 지갑의 허리띠를 더 조이게 되지만 사람 사는 일이란, 철철이 챙겨야 할 것들이 생겨나기만 하는 세상이 아닌가?

이런저런 이야기를 나누다가, 힘들다고만 할 것이 아니라 살림이라도 알뜰하게 줄여보자로 마음을 모았다. "그렇잖아도 요즘 전기며 수도 쓰는 일로 가족들에게 잔소리를 해왔다." "식탁에 자주 오르던 특별메뉴도 뜸해지고 냉장고에 남아도는 재료를 다 쓴 후에 시장을 본다. 그렇게 비우니 냉장고가 깔끔해서 좋다며 우리는 비우는 일에 초점을 맞추고 있다."

"그래, 비우자, 비우는 게 사는 길이다."

누가 시키지도 않았는데 우리들은 구호처럼 외치고 웃고 있었다. 한쪽에서 가만히 듣고만 있던 친구가 유행이 지난 고급 코트가 아까워서 버리지 못한다고 한다. 그 당시에는 질 좋은 원단에 디자인도 좋았는데 지금은 유행이 지났으니 어쩔 수 없이 버려야겠다고 한다.

한 친구가 나섰다. "그걸 왜 버리나, 심폐소생술을 써 먹어야지. 누가 아니? 다시 살아나 더 많은 세월을 우리에게 봉사할지. 아까운 건 살리는 거야!" "야, 그게 사이즈만 맞으면 돼, 요즘은 옛날처럼 긴 코트가 유행이라더라. 유행은 돌고 돌아서 우리들의 젊은 날 즐겨 입던 디자인이 유행이래. 칼라만 조금 손보면 180도 다른 디자인의 코트가 될 게 분명하다."

"뭐라? 심폐소생술, 그럼 심폐소생술을 다른 데도 써 먹어야겠네."

"그려, 그려 다 살려내는 거야."

그렇게 이야기를 나누다 보니 그날의 결론은 "심폐소생술로 어려운 가정 경제를 살리자."가 되었다. 서로 안 쓰는 물건을 나누는 계기가 되었고, 손재주 좋은 친구는 진의 오래된 코트를 완선히 다른 코트로 바꿔주었다.

한 친구는 큰살림을 하는 내가 필요할 것이라며 잘 쓰지 않는 에어프라이가 있다며 가져다주었다. 나는 김치냉장고에 김치가 넉넉하게 해서 김치 한 통을 차에 실어주었다. 김치를 사먹는데 한 통이나 가져가니 너무 좋아라 한다.

이제 날씨가 점점 추워져 간다. 가족들의 옷가지며 가정에서 필요한 방한용품들 때문에 어쩔 수 없이 지갑을 열어야할 상황에 부딪치게 된다.

남편에게 몇 년씩 입어온 남편의 방한복을 올해는 어쩔 수 없이 바꿔야겠다고 하니 남편이 한 마디 거든다. "올해만 잘 참아 보세, 그 정도면 한 해 정도는 더 입어도 될 걸세."

딸도 덩달아 "엄마, 나도 올해는 그냥 입던 거 한 해 더 입어 볼 거야, 걱정하지 마세요." 한다. 하지만 몇 년을 입어서 희끗하게 바란 옷을 그대로 입으라고 할 수 없었다. 희끗하게 바란 부분에 세련된 느낌의 글자가 있는 옷감을 오려서 바늘로 수를 놓듯이 꿰매었더니 완전히 다른 옷이 되었다. 낡은 옷이 새 느낌의 옷으로 살아난 것이다.

기특하게도 딸은 버리려고 한 쪽에 모아 놓았던 옷들을 정리하고 있다. 딸이 엄마는 신경 쓰지 말라며 정리하고 있었는데 옆에서 하나하나 살펴서 손질해 주었다. 요즘은 옷감이 좋아서 오랫동안 입어도 새 옷 같다. 어느 한 부분에 어울리는 단추나 핀, 브로치를 달면 새로운 느낌으로 탄생한다.

알뜰하다는 말이 새삼스럽다. 알뜰하다는 건 우리 세대 사람들이 제일 잘 할 수 있는 일이다. 알뜰하다는 말은 정겹고, 사랑스럽고, 쉽고, 당당하게 잘 할 수 있는 일이라고 하면 웃는 사람이 있을까? 하지만 알뜰하다는 것은 아름답기까지 하다.

젊은 사람들은 오래된 물건을 아끼는 옛날 사람들을 보면 버리지 못하고 끼고 산다고 핀잔을 준다. 하지만 어려운 시기에 고장 난 물건을 고쳐 쓰고, 오래된 물건을 문지르고 닦아 쓰고, 싫증난 물건은 리폼해서 새로운 느낌으로 만들어 쓰면서 경제를 살려온 세대다.

경제란 벌어서 살리기도 하지만 알뜰하게 아끼고 지출을 줄이는 일 또한 경제를 살리는 일이다. 가정의 경제를 살리면 모든 경제가 살아나는가? 요즘 시대엔 어려운 질문이다. 하지만 나름대로 신념을 가지고 실천해 나가야 할 지혜임은 분명하다.

친구들을 만난 지 몇 달이 지났다. 만나서 경제소생술을 어떻게 실천하고 있는지 궁금하다. 이 어려운 시기에 잘 살아가고 있는지 걱정이다. 친구들이 떠오르는 요즘이다. ■

다 같이 돌며 동네 한 바퀴

도시 반, 농촌 반 마을 이야기를 해 볼까요? 봄이 오니 마을 사람들은 농한기에서 벗어나, 새싹처럼 일어나 논으로 밭으로 쟁기를 들고 나가기 시작한다.

어제부터 이곳 길마재 마을 부녀회장과 통장이 마을 대청소를 알리는 방송을 한다. 마을에도 새봄이 오니 새 단장을 해야 한다고 한다. "마을 주민 여러분, 오늘은 동네 대청소를 하는 날입니다. 집집마다 한 분씩 10시까지 마을 회관으로 나오시길 바랍니다." 전날부터 동네를 쩌렁쩌렁 울리던 방송이 어제에 이어 오늘 아침에도 울린다.

마을 회관에 도착하니 부녀회장이 '새봄맞이 대청소'라고 쓴 노란색 띠를 둘러주고 목마를 때 마시라고 음료수 한 병씩 주머니에 넣어준다.

마을길을 나서니 열시가 채 안되었는데 동네 아저씨들이 쓰레기봉투와 집게를 들고 청소를 하고 있다. 어르신들도 모두 노란색 띠를 둘렀다. 부녀회원들도 하나 둘 모여서 청소를 하기 시작한다. 모두들 반가운 얼굴로 인사를 한다.

봄을 맞으려면 겨우내 광에 넣어두었던 쟁기를 손질하듯 마을도 깨끗이 청소를 해야 한다고 마을 노인회장이 말한다. 통장이 주민들에게 방향을 알려준다. 마을회관이 있는 길마재 언덕을 넘어 마을 안을 돌아 가다말 입구에서 다시 마을 뒤쪽을 돌기로 한다.

마을 안길은 깨끗한 편이다. 마을 중간쯤에 아랫마을로 돌아가는 지점에서 청소를 하시는 마을 아저씨들과 합세한다. 쓰레기봉투를 든 아저씨, 집게를 든 할아버지, 쓰레기봉투를 들고 부지런히 쫓아다니는 젊은 엄마, 중년아주머니, 할머니. 집에 있는 동네 분들 모두가 나섰다.

예전에 우리 마을사람들은 집집이 식구들 숟가락이 몇 개인지도 다 알 정도로 다정하게 지내던 사람들이다. 지금은 마을에 공장이 들어서고 젊은 사람들은 인근 도시로 이사를 나가고 이젠 젊은 사람들보다 나이 드신 분들이 많이 사는 마을이 되었다.

길마재 마을은 도심에서 가깝기도 하지만 교통이 많이 좋아졌다. 오히려 도심 속의 마을보다 더 살기 좋은 마을이 되었다. 이제는 도시의 편리함이 좋아 마을을 떠난 사람들이 돌아올 차례다. 도시에 살면서 자란 곳이 그리우면 돌아올 것이다. 방죽논으로 가는 입구에 팽나무가 , 사탄말 언덕이, 마을 앞 대동우물이 그리워서 돌아올 것이다. 그리고 단결이 잘 되는 고향이 그리워서 돌아올 것이다.

이런 생각을 하며 마을 골목마다 기웃거리며 살피니 빈 병이며 종이 부스러기, 특히 농촌이라서 밭 근처에는 폐비닐이 많다. 쓰레기를 줍고 쓸면서 바빠서 서로 만나지도 못하던 동네 사람들이 서로 인사를 나누고 그동안 안부도 묻는다. 아저씨들도 아저씨들끼리 무엇이 그리도 할 이야기들이 많은지 많은 이야기를 한다.

마을을 돌아 뒷길로 가니 집이 별로 없는 곳 도랑에 많은 쓰레기가 방치되어 있다. 마을 사람들은 이곳에서 모여서 쓰레기를 주우며 버리고 간 사람들을 책망한다. 이 도랑의 쓰레기는 지나가는 자동차에서 버린 쓰레기들이 대부분이다. 이 마을 사람들이라면 이렇게 도랑에 마구 쓰레기를 버리지 않을 것이다. 쓰레기를 줍고 마른 종이와 풀들은 한데 모아서 태우고 나니 도랑이 금방 깨끗해진다. 한참을 그렇게 돌고 나니 동네가 이젠 구석구석 깨끗하다.

청소를 다했다 싶어 손을 털며 돌아서는데 마을에 새로 들어선 공장 옆에 쓰레기가 널려 있다. 쓰레기를 다 치우려니 마을 사람들이 너무 힘이 들어서 부녀회장님이 공장 사장님들을 만났다. 마을을 청소하는데 이곳이 너무 지저분하니 깨끗이 치워달라고 부탁하자, 사장님은 공손하게 죄송하다고 하면서 곧 치우겠다고 한다.

청소가 끝나가자 방송소리가 들린다. "마을 청소를 다 마친 분들은 집으로 돌아가지 말고 마을 회관으로 오셔서 식사를 하고 가시기 바랍니다." 집으로 가려던 발걸음을 돌려서 마을회관으로 간다. 마을 부녀회에서 맛있는 점심을 준비하고 기다리고 있다. 마을을 깨끗이 청소를 하고 먹는 점심은 기분이 개운하고 맛있다. 이웃이 오랜만에 만나 먹어서 그런지 더 맛이 있다.

마을에 공장이 들어서고 젊은 사람들이 밖으로 나가는 실정이니, 남아있는 사람끼리라도 자주 만나 옛날 같이 인심을 나누며 살자고 부녀회장이 말하사 모두들 찬성을 한다. 아저씨들도 모처럼 모였으니 좋은 의견을 내놓고 살기 좋은 마을을 만들자고 의견을 나눈다.

마을을 깨끗하게 청소를 하고 마을의 어르신들과 젊은 사람들이 좋은 계획으로 다짐을 했으니 돌아오는 봄에는 더 깨끗하고 인심이 좋은 마을로 거듭나게 될 것이 분명하다. 마을 청소를 하며 한 바퀴 돌고 나온 길로 봄이 마구 달려오고 있었다. ▪▪

어떤 출판기념회

어떤 출판기념회

마지막 수업이다. 수강생들과 내년에 다시 보기로 약속 아닌 약속을 하고 마무리를 하려는데, "작년에 쓰셨던 글이 책으로 나왔어요." 하며 복지사 선생님이 문을 열고 들어온다.

책이 나왔다는 말을 듣자 수강생들은 갑자기 조용해진다.

할 말을 잊고 있는 분들께 "축하드려요. 그동안 쓰신 글들이 인쇄가 되어 책으로 나왔네요."

연세가 80세가 넘으신 남자 어르신이 일어나 한 마디 한다. "선생님 감사합니다. 그런 출판은 잘난 사람들이나 하는 줄 알았지 우리 같은 사람은 꿈에도 생각 못했던 일입니다. 선생님, 감사합니다."

"우리 같은 사람이 어떤 사람인데요? 여러분노 글이라면 뭐든지 할 수 있어요. 이제 시작이잖아요. 더 좋은 글 쓰셔서 개인 시집도 내시고 수필집도 내세요."

글짓기 수업을 시작한지 일 년이 지나갔다. 50대, 60대, 70대, 80대 분들이지만 아직도 문학소녀, 문학소년과 같은 감성이 남아있는 분들이다. 부득이한 사정으로 젊은 날 배우지 못하고 뒤늦게 문해교육을 받았다. 어느 정도 글을 터득하고, 글을 쓰고 싶어 하는 분들이 글짓기 반에 들어온 것이다.

수업 중에 "젊은 날 못 배운 것이 한이 되셨으니 이제 글로 한을 풀어보셔요." 하면, "아는 것이 많지 않으니 글도 잘 안돼요." 한다. 그때마다 "우리 열심히 써서 멋지게 책을 한 번 내 보기로 해요" 하며 글 쓰는 일을 부추겼다. 그러면 모두 상기된 모습으로 한 자씩 삐뚤빼뚤 기억을 되살리며 글을 쓴다.

시를 쓰거나 수필을 쓰거나 글이 잘 안 될 때에는 "아는 게 있어야 글을 쓰지요." 한다. 그러면 "지식보다 더 소중한 경험이 있지 않아요. 남들이 못 겪었던 일을 글로 쓰시면 되어요. 그게 더 감동적이고 보는 사람이 감동을 받게 되거든요."라고 말해주었다.

처음에는 서툴게 한 문장을 망설이면서 쓰는데, 글을 쓰다보면 하고 싶은 말이 많은지 나중에는 거침없이 문장을 만들어나간다. 걱정이 없이 자라던 어린 날의 풍경과 마을이야기, 동무이야기, 글을 몰라서 뒷전에서 나서지 못하던 젊은 날의 기억들, 신문이나 책을 앞에 놓고 글을 읽는 사람들이 부러웠던 이야기, 편지를 쓰지 못해 다른 사람을 통해 마음을 전달하던 이야기, 마음속에 담아두었던 일들과 또 어린 마음을 그대로 표현하는 동시도 쓴다. 아직은 잘 써지지 않는 문장이지만 단정하게 앉아서 또박또박 글을 쓰는 모습이 어느 선비의 모습 못지않다.

불현듯 어떤 생각이 머리를 스치고 지나갔다. 이분들께 출판기념회를 해드려서 글 쓴 보람과 글로 뭐든지 할 수 있다는 자부심을 갖게 해주고 싶다는 생각이 들었다. 다음 주에 출판기념회를 간단하게 하겠으니 어렵더라도 책도 받으시고 시낭송도 하고 우리들만의 출판기념회를 열어보자고 하니 모두들 박수를 치며 들뜬 기분이다.

조그마한 케이크를 사고 꽃을 준비하고 시간보다 일찍 강의실에 들어섰다. 수강생들이 더 일찍 와서 자리 배열을 해 놓고 내가 들어서니 박수를 친다. 현수막 대신 "글짓기반 출판기념회"라고 쓴 색상시가 칠판에 붙어 있다.

케이크에 처음 출판이어서 굵은 초 한 개에 불을 붙였다. 모두들 숙연해져 촛불을 바라본다. 강의실에 잠시 침묵이 흐른다. 모두들 나와서 촛불을 끄고 축하 노래를 부르자고 했다. 샴페인 대신 음료수를 따르고 힘차게 '우리들의 글을 위해 건배'를 외쳤다.

축하인사를 나누었다. "그 동안 고생하셨어요. 이제는 시나 수필 정도는 쓰실 줄 알게 되셨으니 종강을 해도 꾸준히 글을 쓰셔요." "그동안 하고 싶었던 이야기들을 글로 다 풀어내는 거예요. 그러면 마음에 가지고 계시던 응어리도 풀리게 되죠. 제가 필요할 때 연락을 주시면 도와드리겠어요."

당부의 말을 하고 각자 소감을 나누었다. "젊은 날 글을 몰라 답답하고 암담해서 당당하게 사람들 앞에 나서지도 못하였다." "이제는 하고 싶은 말을 글로 쓸 수 있으니 세상이 밝아졌다." "내 이야기로 시를 쓰고 수필을 쓸 수 있으니 좋다." "더 나이 들고 기억이 멀어지기 전에 지나간 이야기들을 써 놓아야겠다." "가족들에게 특히 손주들에게 내가 쓴 글을 보여주게 되어서 좋다."는 등의 말을 한다.

비록 복지관 소식지 『무지개마을』 1호 뒷면에 부록처럼 실린 글이지만 감동스러워하시는 걸 보면서 죄송한 마음이 든다. 일주일에 한두 번씩 만나 삐뚤빼뚤하지만 한 자 한 자 정성들여 써 내려간 글들이 인쇄되어 세상에 나온 것이다. 다른 사람들이 책 한 권을 출판한 것보다 더 감동스럽다. 이제 글 쓰는 일에 발을 내딛기 시작한 분들인데 글쓰기 수업 종강을 한다고 하니 너무 아쉬워한다.

인생은 육십부터라고 하지 않았던가, 이제 자기의 생각으로 시를 쓰고 수필을 쓰고 더 나아가서 소설, 동화도 쓸 수 있게 되었으니 이분들에게는 이제부터 글의 시작이다. 글이 있는 인생의 시작이다. 앞으로 한 달에 한 번이라도 모여 글을 쓰자고 이구동성으로 이야기한다.

다시 모이면 그 때는 시인이 되고 수필가가 되어 있을지 모른다. 글 쓰는 일이 이 분들의 인생을 기름지게 할 것이다. ■

숨은 억새꽃 정원

꼭꼭 숨어있는 억새물결이 가을이 끝날 무렵에 떠오르고 있었다. 지난여름 동료가 안내했던 곳에 억새 줄기가 요동치던 게 생각났다. 지금쯤 억새꽃이 커다란 물결을 일으켜 은빛 파도를 치고 있을 것이다.

가르치고 있던 시창작반에서 야외수업 장소를 물색하던 중에 그곳이 떠올랐다. 이 가을에 은빛으로 하늘거리는 억새가 좋지 않겠느냐고 하니, 수강생들 전원이 찬성한다. 그리 멀지 않은 곳인데 그곳을 아는 사람 있느냐고 물으니 아는 사람이 없다. 하긴 처음에는 나도 몰랐으니 그곳은 숨어있는 억새정원임이 틀림없다.

시창작 수업은 강의실 안에서 하는 것보다 넓게 펼쳐진 야외에서 자연을 바라보면서 실전에 들어가는 것이 편하게 시를 쓸 수 있다. 수강생들은 로드특강을 좋아한다. 나 또한 직접 보여주면서 이야기 할 수 있어서 좋다.

숨어있는 억새밭을 향해서 차를 타고 가면서 모두 궁금해 한다. 우리 동네에 억새 골짜기가 있는 걸 몰랐는데 우리만 알게 되었다며 들떠 있다. 나는 여름에 한 번 가보고 추천했는데 과연 억새꽃이 장관을 이루고 있을지 걱정스러웠다. 혹시라도 억새는커녕 보통 산과 같은 느낌이면 어쩌지 하는 걱정을 하며 산을 올랐다.

일행들과 오르는 산에는 가을이 흠뻑 내려와 있었다. 여기저기 단풍이 아름다워서 가다가 발을 멈추고 사진을 찍거나 멀리 오이도 바다를 바라보기도 하면서 산을 오른다. 얼마큼 오르다 보니 전망대가 나온다. 전망대에서 바라보는 풍경은 산과 바다가 어우러진 가을 풍경이다. 오이도 빨간 등대가 빤히 보이고 오이도 바다가 눈앞에 넓게 펼쳐진다.

일행은 사방을 두리번거리며 억새밭을 찾는다. 억새가 보이지 않자 실망하는 기색이다. 눈치를 채고 전망대 뒤쪽으로 안내 했다. 전망대를 돌아서 내려가는 산등성이는 소나무가 촘촘히 자라 있고 가파른 산등성이다.

그 산등성이를 막 돌아가는네 먼저 가딘 일행이 소리를 지른다. "와, 억새골짜기다. 이런 데가 있었다니. 대단해요. 선생님 이런 곳을 어떻게 알았어요?"

모두들 한 마디씩 한다. 눈앞에 펼쳐진 풍경에 입을 다물지 못한다. 억새밭으로 내려가는 동안 숨이 멈춰왔다.

골짜기 하나가 은빛 억새의 물결로 일렁거리고 있었다. 가을이 되면 억새가 만발하리라는 기대가 생각보다 훨씬 넘치는 광경이었다. 하얀 물결이 질펀하게 한 골짜기를 다 휘두르고 있다.

일행은 억새 골짜기 사이사이에 있는 억새 오솔길로 삼삼오오 짝을 지어 들어섰다. 이 오솔길에 서면 저 오솔길 사람들 소리도 알아들을 수 없이 넓은 곳이다. 게다가 이곳은 선사유적지로 관리소에서 클래식 음악을 설명과 함께 들려주고 있다. 마치 자연 카페라도 온 듯 음악을 들으면서 억새 골짜기를 걷는다.

억새들도 사람의 세상사같이 각기 다른 표정이 있다. 한 곳에는 햇살이 쏟아져 억새꽃 사이사이를 누비며 은빛으로 눈이 부시는 아름다움이 있는가 하면 한 곳에는 날 선 바람이 억새 사이를 휘두르며 정신 못 차리게 흔들어대고 있다.

옛날에는 갈대라고 알고 있었던 억새다. 억새꽃은 바람결에 따라 하늘하늘하고 보드랍고 눈부신데 왜 억새라는 억양이 억센 이름이 붙었는지, 억새라는 이름을 붙여 준 연유가 궁금하다. 억새꽃은 눈부시고 보드라운데 이파리들은 칼같이 날카롭다. 옛날 어렸을 때 억새잎에 자주 손을 베었었다. 다른 것으로 벤 것보다 더 맵게 아팠던 생각이 난다. 그래서 억새라고 그랬는지 모른다. 그렇지만 가을이 돼서 꽃이 피면 그 날카로움은 어디로 숨었는지 하얗게 일렁이는 부드러움이 마음을 흔들어 댄다.

50대 후반에서 60대 후반을 가는 분들인데 '억새꽃 물결을 보니 마음이 파도를 쳐서 진정할 수가 없어요.'라고 말하며 억새꽃 속으로 파고든다. 사진을 찍느라고 억새꽃 물결을 배경으로 다양한 포즈를 잡으며 웃는 소리가 억새꽃 물결처럼 흔들린다.

우리들 외에 아무도 나타나는 사람이 없었고 비밀의 정원에 들어선 양 마음껏 웃고 마음껏 시심을 불러일으켰던 그 골짜기를 우리는 '숨은 억새꽃 정원'이라고 불렀다.

그날 그곳에는 아직은 소년 소녀 티를 벗지 못한 아이들의 웃음소리가 피어났다. 아이들의 실루엣이 억새꽃과 함께 흔들렸다. ▮

시 태교 수업을 준비하며

임신부들에게 시 태교 수업을 해달라는 요청이 있었다. 태교라 하면 까마득히 먼 기억 속의 일이다. 앞뒤 생각지도 않고 선뜻 승낙을 했다. 태교하는 임신부들이 시로 태교를 하면 아기의 감성에도 좋을 것이라는 생각이 들었다. 임신부들에게 잔잔한 시가 있는 태교에 대해서 이야기하고 싶었다.

태교에 대해서 전혀 공부한 적이 없어서 필요한 서적을 살펴보았다. 예나 지금이나 태교는 임신부들에게 중요한 덕목이다. 임신 후 출산까지 태아가 모체의 영향을 크게 받으므로 모든 일에 조심하고 나쁜 생각이나 거친 행동을 삼가며 편안한 마음으로 지내야 한다는 태중胎中 교육이다. 조선시대 사주당 이씨의 『태교신기胎敎新記』는 태교의 중요성을 반복 강조하고 있다. 태교를 위해 마음의 양식을 쌓을 것을 강조하는 옛사람의 태교이다. 현대를 살아가는 요즘 임신부들도 알면 좋은 내용이다. 선조先祖들은 생후 십 년의 가르침이 엄마 뱃속의 열

달 가르침만 못하다고 하여 반드시 태교를 하도록 권하고 있다.

시 태교 수업을 준비하는 시간은 나를 젊은 시절로 이끌었다. 마치 임신부인 양 고요히 앉아서 태중에 아가를 위해서 어떤 시가 좋을지 생각해보았다. 또 시를 가지고 어떻게 해야 태중의 아가에게 좋을지 여러 가지 예와 여러 가지 방법을 고민했다.

인터넷이나 유튜브 검색을 해보면 태교에 대해서는 여러 가지가 나와 있지만 시 태교에 대해서는 드물다. 미술, 음악, 독서 등 태교에 대한 자료도 종종 눈에 뜨인다. 특별히 이거다 하는 내용은 찾지 못했다. 내 나름대로의 생각으로 수업을 준비했다.

우선 태교에 좋을 만한 시를 찾았다. 좋은 시를 찾아 읽는데 나도 모르게 어떤 행복감이 몰려왔다. 서적을 살피고 그림을 살피고 시를 읽는 동안 마음에 고요가 찾아든다.

문득 내가 임신부일 적에 태교에 대해서 이렇게 깊이 생각해 보았나를 돌아보았다. 태교를 한다고 틈나면 책은 읽었지만 특별히 한 일은 생각이 나지 않는다. 생활 속에서 태교를 한 게 전부였다. 여러 가족들이 살아가는 집에서 나만의 시간을 가질 수 없었다. 생활하면서 하면 안 되는 것들을 하지 않았으며, 좋은 것을 보고 좋은 마음을 가지고 나쁜 것이 보일 때는 뒤로 돌아가거나 눈을 감아버리는 정도였다.

차분하게 태교에 대해서 공부하는 동안 임신부가 된 듯하였다. 음악을 듣고 시를 읽고 시를 쓰면서 내 안의 자아가 침착해지고 편안해지고 있었다. 젊은 날 이렇게 태교를 했다면 좋았을 것이란 생각이 들었다. 우리 아이들이 침착하게 더 잘 컸을 것이란 후회가 든다. 태교는 태중의 아이를 위해서이지만 임신부 자신에게도 자신을 정화시켜준다. 그동안 나 자신에 대해서 이런 시간을 갖지 못했는데 이 시간에 순화되는 느낌이다.

태교의 시간들은 아이를 출산하고도 계속된다. 아이를 키우고 아이가 커가도록 아이의 인생 전반에 걸쳐 태교하는 마음으로 아이를 만난다. 이 기도하는 마음은 아이가 태어나고 자라서 자식이 어디를 가더라도 아무 일없이 돌아오기를, 건강하게 잘 살아가기를 바라는 마음 또한 태교하는 마음이다.

여러 가지 자료와 내 나름대로 방법을 연구하면서 나

는 이미 아가에게 보내는 시를 쓰고 시를 읽고 있는 자신을 발견하게 된다.

갈수록 아기를 많이 낳지 않는 시대다. 그러다 보니 문을 닫는다는 산부인과도 생겨나고, 새로 입학하는 학생 수도 해가 갈수록 줄어든다고 한다. 미국의 경제학자 '해리 덴트'의 말처럼 '인구절벽'이 실감되는 요즘이다.

자주 만나는 지인은 누가 손주를 보았다고 하면 부러워한다. 자식이 결혼을 한지 몇 년이 되었는데도 아이를 낳지 않아서 손주 이야기를 들으며 부럽다고 한다. 요즘 젊은 사람들이 아이가 없는 이유는 첫째 사회 환경이 나빠져서이고, 경제적 부담이 크고 또한 일부러 아이를 낳지 않아서라고 한다. 환경이 나빠서 아이가 안 생기는 일은 어쩔 수 없는 일이지만, 아이가 있으면 일을 할 수가 없어서 일에 매달리느라고 일부러 아이를 낳지 않는다고 한다. 갈수록 커지는 사교육비에 대한 부담도 한몫을 하고 있다. 사는데 아이가 꼭 필요하지 않아서 출산 계획을 세우지 않는 젊은이들도 있다고 한다.

이러한 시대에 임신부들의 태교에 대한 교육은 아주 중요한 사회적 의무라고 해도 과언이 아니다. 인간에게는 약 140억 개의 뇌세포가 있는데 그 중에 70% 정도는 태아일 때 만들어진다고 한다. 특히 시나, 글은 태아의 우뇌와 좌뇌에 영향을 주어 감성과 이성과 지성을 골고루 발달시켜주는 역할을 하기 때문에 태교에 꼭 필요한 것이다.

영모재에서 했던 시 태교 수업은 10여 명의 임산부를 대상으로 진행했다. 잔잔한 느낌으로 시를 읽고 썼다. 좋은 시를 읽고 쓰면서 예비엄마가 행복해하는 모습이 보기 좋았다. 예비엄마들은 아가에 대한 사랑을 표현하는데 주저함이 없다. 몸속에서 태동을 느끼면서 태어나지 않은 아기에 대한 기대와 사랑으로 충만한 모습을 보는 순간들은 경이롭다. 정서를 순화시킨다는 말이 꼭 맞는 말이다. 예비엄마가 아가에게 시를 쓰고 시를 읽는 순간에 느끼는 기쁨과 즐거움은 아무데서나 느낄 수 없는 느낌이다. 평소에 잘 사용하지 않는 표현을 사용할 때의 주위 환기가 엄마의 정서를 풍부하고 안정되게 한다. 시로 하는 여러 가지를 풀어내면서 뿌듯했던 시간이다.

항간에 '사랑에 빠지면 시인이 된다.'는 말이 있다. 그래서 그런지 소중한 아이를 품은 엄마는 누구나 시인이 된다. 사랑에 빠진 임신부들을 만나는 동안 그들이 사랑스러웠다. 그녀들을 사랑하지 않을 수 없었다. 그들과 사랑에 빠져 가슴 떨리던 시간이 때때로 떠오른다. ■

논둑길을 걸어서

"고구마 심으러 어디로 가요?" "고구마 심으면 언제 캐요?" "동생하고 함께 가도 돼요?" 공부방에 들어서자 아이들은 질문 공세를 퍼붓는다. 오늘은 아이들과 '고구마 심기' 체험학습을 하기로 한 날이다. 아이들은 벌써부터 고구마 심는 일에 기대를 품고 신이 나 있다. 아이들을 데리고 밖으로 나가니 하늘은 드높고 맑다. 아이들도 다른 때보다 기분이 좋아보인다.

고구마 심는 밭을 가는데 이번에는 차를 이용하지 않고 걸어가기로 했다. 차로 가면 7, 8분 거리다. 그런데 30분 넘게 걸리는 벌판의 논둑길을 걸어서 가기로 한 것이다. 계획을 세우면서 이렇게 좋은 발상을 낸 스스로에게 기특해 했었었다.

아이들 20여 명과 나란히 줄을 서서 안현동 앞에 있는 호조벌 가운데 논둑을 걸어갔다. 이런 논둑을 걷는 일은 도시에 사는 아이들은 해 보기 힘든 경험이다. 나는 아이들에게 고구마 심는 체험학습을 시키면서 진정으로 농촌

생활의 체험을 아이들에게 주고 싶었다. 그래서 논둑길을 걷게 한 것이다.

봄이 가득한 논이다. 호조벌판은 사각으로 된 수많은 작고 큰 논으로 이루어져 있다. 논둑은 한 사람이 가까스로 걸을 수 있게 좁다. 농사꾼들이 이 논둑으로 물꼬를 보러 온다거나 거름을 뿌리러 다니는 좁은 논둑이다. 아이들은 발걸음을 제대로 놓지 못하고 주뼛거리며 걷는다.

걷는 내내 논흙 냄새가 풍겨왔다. 금방 모내기를 끝낸 연둣빛 벌판이다. 어린모가 있는 벌판을 어린모 같은 아이들이 줄지어 걸어가니 호조벌의 풍경이 새롭다. 사각의 논배미 둑은 수없이 이어져 어느 배미를 어떻게 돌아가야 끝이 나올지 감이 오지 않는다. 논배미의 둑을 걸어가다 보면 둑에 물고랑이 있어서 건너지 못하기도 한다. 가던 논둑이 막히면 왔던 논둑을 다시 걸어 다른 배미로 돌아가야 한다. 처음에는 재미있어 하는 아이들도 몇 번 되돌아가는 일이 생기니 짜증도 나고 걱정스러워한다. "선생님은 선생님 사시는 곳도 못 찾아가세요?" 하며 불안해 한다.

그도 그럴 것이다. 넓기만 한 벌판 한가운데서 자꾸 논둑이 끊기니 말이다. 그럴 때마다 "너희들 논둑 걷는 게

싫으니? 이런 논둑을 지금 안 걸어보면 언제 걸어보니?"

"아니에요. 논둑을 나가지 못할까 걱정이 되어서 그래요."

"걱정하지 않아도 된다. 저기 보이는 곳이 고구마 밭이니까 그쪽으로만 가면 된단다."

처음에는 논둑을 걷는 일이 어색해서 뒤뚱거리며 걷던 아이들이 어느새 깡충깡충 뛰어가는 아이들도 있다.

쑥이며 하얀 토끼풀꽃이며 미나리아재비와 냉이 꽃들이 논둑을 덮고 있다. 여자아이들은 냉이꽃이며 토끼풀꽃을 한 움큼씩 꺾어들기도 한다.

먼저 달려가던 아이가 장난치다 발이 논에 빠져서 울상이 되었다. "선생님, 운동화에 흙이 묻어서 엄마에게 혼나요." 하며 울먹이는 아이에게 "농사일을 하면 운동화나 옷은 누구든지 흙이 묻는 거야, 우리는 고구마 심으러 가잖니, 어차피 고구마를 심고 나면 엄마가 빨아 주실 거야, 괜찮아." 하며 달래주니 금방 얼굴색이 밝아진다.

조금 넓은 논둑에서 걸음이 빨라진다. 남자아이들은 너도나도 달린다. 여자아이들은 논에 빠질까봐 두려워하면서도 재미있어 하며 걷는다.

호조벌 넓은 벌판에 20명이나 되는 꼬맹이들이 한 줄로 삐뚤빼뚤 걸어간다. 멀리서 지나가던 농부들이나 논에서 일하던 농부들이 무슨 일인가 하며 하던 일을 멈추고 바라보다 손을 흔들어 준다. 그렇게 30여 분만에 우물이 있는 고구마 밭에 도착했다.

고구마 밭에는 은행동 주민자치위원들이 나와서 두둑을 만들고 비닐을 씌우고 있었다. 아이들에게 비닐이 씌워진 두둑에 고구마를 심는 방법을 보여줬다. 그러고 나서 아이들의 줄을 맞추고 자리를 정해주었다.

모두들 제각각이다. 구멍을 낸 뒤 그 위에 고구마 순을 올려놓고 그냥 흙만 덮는가 하면, 두둑에 구멍을 내고 고구마 순을 두 개 세 개씩이나 심어놓는가 하면, 장난을 치고 싶어 꾀를 부리며 자기 몫을 안 하는 아이들도 있다. 물론 열심히 제 몫을 다한 뒤 다른 친구의 몫까지 하거나 남은 빈 곳에 더 심는 아이들도 있다. 우물에 물을 뜨러 갔다가 물장난에 빠져있는 녀석도 있다. 채 30분도 안 되어 아이들은 싫증을 내고 물장난에 더 관심을 갖는다. 사실 아이들은 우물은 더 새미있을 것이다. 옛날부터 내려오는 대동우물은 뚜껑이 덮여져 있고 아랫부분에 언제든지 손으로 물을 퍼낼 수 있도록 되어 있어서 아이들이 장난하기에는 더할 나위 없이 좋은 곳이다.

체험학습장으로 이곳으로 정한 이유도 우물에서 마음

껏 물을 떠서 고구마에 물을 줄 수 있기 때문이었다.

아이들이 심다 남은 곳을 어른들이 마무리를 하고 우물에서 장난하는 아이들에게 손발을 씻도록 한 뒤 새참으로 빵과 우유를 주었다.

"애들아, 너희들 새참 먹어봤니?"

"선생님, 새참이 뭐에요?"

"농사짓는 사람들이 일하다가 점심과 저녁 사이에 먹는 간식 같은 거야, 너희들 새참 먹는 기분이 어떠니?"

"꿀맛이어요. 고구마를 심었으니 저희들 일한 거죠?"

"그래, 너희들 오늘 정말 수고 했다. 가을에 고구마 캘 때는 고구마를 쪄 줄게."

새참을 먹고 나서 고구마 순이 심겨 있는 고구마 밭을 보면서 묻는다. "선생님, 고구마가 정말 뿌리가 내려 잘 자라게 될까요?"

"너희들이 열심히 심고 물을 충분히 주었으니까 잘 자랄 거야."

아이들은 안심이 되는지 고구마 밭을 향하여 손을 흔들고 안녕하며 돌아선다.

그렇게 고구마 심는 체험학습은 끝났다. 돌아갈 때는 논을 가로질러 큰 길을 만드는 공사 현장 쪽으로 갔다.

공사하기 위해서 모래를 산처럼 쌓아놓은 모래밭을 지날 때 아이들에게 "얘들아, 지금 우리의 모습을 소재로 제목을 붙인다면 뭐라고 하겠니?" 하고 물었다. 아이들은 "선생님, 사막의 아이들이요." "고구마를 심고 오는 아이들이요." "고구마를 심고 걸어오는 아이들이요"라고 여러 가지로 대답을 한다. "그래 너희들은 '고구마를 심고 오는 사막의 아이들'이다." 빨간 흙을 맘껏 만진 아이들은 피로한 기색이면서도 다소 상기된 얼굴이다.

아이들은 넓은 들판의 논둑을 까르르 웃어대며 걷던 일, 고구마를 심고 우물에서 물장난하던 일은 기억의 어느 부분에 남아 다시 그리울 날이 있을 것이다. ■

일일병영체험

　지역단체에서 내가 할 수 있는 일은 누군가에게 가르치는 일이었다. 그해 저소득층이나 결손가정 어린이들을 대상으로 여름방학 특강을 계획했고 계획서에 '어린이 1일 병영체험학습'을 넣어 제안했다. 그리고 그것이 성사되어 어린이들과 군부대를 체험하게 되었다.

　군부대에 도착하자마자 긴장의 시작이었다. 버스가 부대 앞에 서자 철모를 쓴 군인이 버스에 올라와 꼼꼼하게 인원파악을 한다. 본인 확인을 한 후 철문이 열리고 부대 안으로 버스가 들어갔다. 군인들이 대기실로 안내한 다음, 거수경례와 함께 주의사항을 군대식으로 들려준다. 가지고 있는 핸드폰을 모두 회수하고 부대 안쪽으로 안내를 한다. 핸드폰을 회수하자 아이들은 더 긴장을 한다.

　뜨거운 햇살 아래 운동장에 모여 단상의 조교의 여러 가지 주의사항을 들었다. 아이들은 햇살이 뜨겁고 짜증이 났지만 긴장한 탓에 잘 참고 있다. 군인들의 구령에 긴장하면서도 주변의 여러 가지 군대 장비에 눈이 휘둥

그레지는 모습이다.

어린이들은 일곱 조로 나누어 차례대로 설명을 듣는다. 전차와 장갑차와 무기에 대한 설명을 듣고 나서 직접 체험하는 시간이다. 사진이나 화면 혹은 게임에서 보기만 하던 장갑차며 무기들이다. 남자어린이들 관심은 그야말로 폭발적이다. 여자 어린이들 또한 남자 어린이들 못지않게 활발하게 무기를 들고 쏘는 시늉을 한다던가, 방독면을 쓰고 포즈를 취한다.

체험을 하다 보니 군인들이 형이나 오빠처럼 느껴지는지, 지도하는 군인들을 쫄랑쫄랑 잘 따르며 긴장이 조금 풀리는 듯하다.

칠월의 햇살은 운동장을 뜨겁게 달군다. 전차와 장갑차를 차례로 태우고 운동장을 한 바퀴씩 돈다. 군인들은 어린이들에게 장갑차나 전차 위에서 멋진 포즈를 취하게 하고 사진을 찍어준다. 사진은 담당하고 있는 장병 외에는 아무도 찍을 수 없다. 그 뜨거움 아래서도 어린이들은 여러 가지 포즈를 취하며 마치 군인이라도 된 듯 당당한 모습이다.

여자 어린이들도 여러 가지 무기를 체험하면서 얼굴이 빨갛게 상기되어 있다. 어떤 어린이는 한 번 더 해보고 싶다고 조르는가 하면 또 어떤 어린이는 다른 팀에 섞여서 관심 있는 곳에서 한 번 더 하기도 한다. 이렇게 여러 가지 체험을 하고 난 어린이들 얼굴엔 즐거움이 가득하다.

점심시간이다. 점심식사는 이곳 병사들의 식단 그대로다. 어린이들이 식판을 들고 음식을 받아서 자리에 앉았다. 어떤 어린이는 배가 고팠는지 식사를 잘 하는가 하면 어떤 어린이는 배가 고픈데도 목으로 음식이 넘어가지 않는다고 못 먹겠다고 한다. 병사들은 이곳에서 음식을 남기면 안 된다고 단호하게 한 마디 한다. 못 먹겠다던 어린이는 결국 식판의 음식을 다 비우고 일어선다.

점심 식사 후 장병들의 내무반 체험 시간이다. 내무반에서 장병들이 어떻게 지내는지, 내무반이 어떻게 생겼는지 살피고 궁금한 사항을 이야기하는 시간이다. 처음에는 어색해서 말도 못하던 아이들이 한 마디 두 마디 장병들과 이야기를 나누더니 금방 친해진다.

내무반을 둘러보며 '어떻게 자느냐', '모자는 어떻게 쓰느냐', '급하게 뛰어나갈 때도 군화를 신느냐', '훈련을 안 받을 때는 무엇을 하느냐' 등 여러 가지 질문 공세를 한다. 마치 형이나 오빠, 삼촌과 이야기를 하듯 매달리기도 하고, 군인들은 마치 동생이나 조카들과 지내는 것처럼 대해주며 어느새 서로 어색함이 사라졌다.

부대에서는 이번 병영체험을 마무리할 시간을 갖도록 강당을 배려해주었다. 병영에서 체험했던 것들을 쓰고 소감을 적는 '병영체험학습 보고서'를 작성하게 했다. 여름방학 특강 시간에 아이들은 이 보고서를 보고서 체험의 기억을 되살려 다양한 글을 쓰게 될 것이다.

어린이들이 느낀 점은 다양했다. '군인이 자랑스럽다.', '나라를 지키기 위해 애쓰는 군인 아저씨들이 존경스럽다.', '여군이 되고 싶다.', '군대가 싫었었는데 좋아졌다.', '어서 자라서 군인이 되고 싶다.', '군인 아저씨보다 군인 형이라고 하고 싶다.', '군인 아저씨들과의 대화가 재미있었다.', '군대라는 말은 무섭지만 재미있는 곳이기도 하다.', '신기하고 재미있다'는 등 여러 가지였다.

병영체험학습을 추진하고 실행하는 데는 복잡하고 번거로웠지만 보람 있는 일이었다. 어린이들에게 신선한 자극을 주기 위해서 시작한 일이었나. 하지만 내가 받은 자극 또한 만만치 않았다. 군인들과 타협하고 주민자치센터와 타협하면서 복잡하게 부딪치는 문제들도 있었지만 아이들을 위하는 마음으로 서로 이해하고 협조하여 잘 해결되었다.

또한 우리 손녀 손자들도 참여를 했는데 선생님인 할머니가 불편할까봐 의젓하게 배려해주는 모습을 보면서 대견하다는 생각에 마음이 뿌듯하였다.

'여름방학 특강' 3주 수업은 '일일병영체험학습'을 한 경험을 소재로 동시와 그림, 산문, 동화, NIE 등을 하는 것이었다. 어린이들에게 여름방학 숙제를 해결할 수 있다는 장점도 있고 여름방학을 좀 더 유익하게 만들어 주는 일석이조 효과가 있었다.

은행동 주민자치위원회에서 만장일치로 찬성하였던 프로그램이었다. '병영체험'이라는 새로운 경험은 어린이들에게 관심 폭발, 상상력 폭발의 기회라고 생각하며 체험학습을 기획하였다. 준비하는 동안 어린이들이 좋아할 만큼 즐겁게 준비를 했다. 특별한 체험이기 때문인지 참여하겠다고 등록하는 어린이들이 의외로 많았다. 버스 한 대를 더 추가해서 버스 2대가 출발했다.

체험학습하는 날은 동장님과 자치위원들이 함께 참여를 했고, 군부대가 있는 과림동의 주민자치센터에서도 자기네 동까지 와서 체험학습을 한다고 동장님과 자치위원들이 마중 나오듯이 참여를 해서 아이들을 보살폈다. 참여 어린이도 많았지만 응원하러 온 어른들도 많았다.

아이들이 경험하기 힘든 병영체험은 아이들에게 많은 호기심과 상상을 불러일으켰다. 그해 여름방학 특강은 군인과 전차와 장갑차와 무기들이 주제가 되어 특별난 이야기들이 태어났다.

연아 날아라

　소원은 여러 가지였고 다양한 모양으로 적혀 있었다. 어떤 아이는 딱 한 가지 소원을 초록 색연필로 적는가 하면 어떤 아이는 긴 꼬리에 열 가지가 족히 넘을 소원을 깨알같이 연필글씨로 써넣는 아이도 있다. 빨갛고 노란 그림 속에 단어만 써넣은 아이들도 있는가 하면 긴 꼬리에 한 줄로 '공부 잘하게 해주세요.'라고 써넣은 아이도 있다.

　한지로 만든 가오리연이었는데 여러 가지 문양이 그려졌고 2m나 되는 꼬리가 달려 있다. 30여 명이 넘는 아이들에게 연의 꼬리를 접어서 손으로 들게 하고 벌판으로 나갔다. 연의 꼬리를 접지 않고 길게 늘어뜨리고 달려가면 백발백중 연 꼬리가 밟혀 잘리게 된다. 연 날리는 장소인 논까지 가기 전에는 절대로 꼬리를 펴지 말라고 신신당부했다. 아이들은 주민센터에서 논까지 10분 정도 걸리는 골목길을 신나게 달린다.

　연 날리는 장소는 호조벌 서쪽에 있는 논이다. 넓은 논에는 벼 그루터기들만 논을 지키고 있다가 아이들을 맞는다.

연날리기는 바람이 잘 불어야 한다. 바람이 잠깐씩 일다가 잦아들기를 반복하고 있었다. 바람이 불면 연은 하늘 높이 날아올랐다. 연줄이 팽팽해졌다. 아이들 소리도 따라 올랐다. "야, 연아, 하늘 높이 날아라, 소원을 실은 연아, 하늘 끝까지 올라라." 아이들은 신이 나서 소리를 지른다.

연이 하늘로 높이 올라가자 아이들은 연이 아주 날아가 버릴까 봐 "선생님 연이 너무 높이 날아요, 끊어지면 어떻게 해요." 걱정 아닌 걱정을 하며 연을 날린다. 여기저기에서 보조 선생님과 자치위원들이 아이들의 연을 잘 날아오르게 잡아주고 있다.

다행히 바람은 너무 세지도 약하지도 않게 불어준다. 연날리기에 딱 좋은 날씨다. 연이 높이 날아오르자 시끄럽게 떠들던 아이들은 하늘에 뜬 연에 집중힌디. 연의 방향을 잡으며 연줄을 조정하느라 모두 조용하다.

연습으로 연을 몇 번 날려본 아이들은 여유가 있다. 연이 가는 대로 천천히 연줄을 당겼다 풀었다 하며 높아가는 연을 즐기고 있다.

아이들은 연을 통해서 그동안 바라보지 않았던 하늘을 똑바로 보고 있다. 높이 오르는 연을 보며 아이들만의 언어로 하늘과 교신을 하고 있다.

'뚜뚜, 여기는 지상. 바람아 불어라. 쉬지 말고 불어라. 내가 올린 꿈들아, 긴 꼬리 휘날리며 하늘 높이 날아라. 뚜뚜, 여긴 하늘 끝. 소원 접수했다. 뚜뚜.' 아이들에게 이 시간만은 컴퓨터 게임도 재미있는 오락도 안중에도 없다. 그저 맘껏 펼칠 수 있는 꿈처럼 넓은 하늘에 대고 긴 꼬리연을 휘날리고 있다.

바람이 갑자기 세게 불기 시작한다. 연들이 바람을 이기지 못하고 여기저기에서 곤두박질친다. 아이들도 연을 따라 이리저리 뜀박질한다. 변덕스런 바람에 연은 속수무책이다. 아이들도 속수무책이다. 세상의 일이 그러하듯 연의 세계도 그렇게 순조롭지만은 않다. 연이 곤두박질치다 보니 친구들의 연과 얽히기도 하고 또 떨어진 연줄을 잡고 달리기도 한다. 바람이 부니 연이 마음대로 되지 않는다. 연을 따라 달리다 벼 그루터기에 걸려 넘어져 울다가도 금방 다시 일어나 연을 쫓는 아이들도 있다. 신통하게 울음을 삼키고 연을 쫓는다.

그러는 사이 서쪽하늘이 붉게 물들기 시작하더니 추위

가 몰려오고 있었다. 서둘러 보조 선생님과 자치위원들이 연을 정리해 주었다. 논둑을 걸어 나오는데 바람이 다시 잠잠해진다. 붉게 물든 하늘을 바라보며 걷던 아이들이 뒤돌아보며 연을 다시 날리고 싶다고 한다.

그 후 공부방에서는 한 달 동안 연날리기가 주제가 되었다. 여러 가지 느낌을 다양한 장르로 풀어내며 아이들은 또다시 연을 날리고 싶어 했다.

그 해 연날리기는 공부방 어린이들과 겨울방학을 무료하게 지내는 아이들을 위한 것이었다. 은행동 주민자치위원회에 제안한 일이 흔쾌히 허락되어서 할 수 있었다.

높고 푸른 하늘을 바라보고 상쾌한 바람을 가르며 넓은 호조벌 벌판을 뛰어다니며 아이들의 맘도 연 따라 날았을 것이다. ▪

만남과 이별이 있는 수업

"오늘은 가재 잡는 날이라고 했는데 알고 있니?" "네, 선생님, 어디로 가요?" "계란마을 산골짜기." "선생님, 고맙습니다." "드디어 우리들도 가재 잡으러 간다." "준비물은요?" "그냥 가면 되요." "병에 담아오나요?" "아니, 놓아주고 올 거야." "에이, 안돼요. 아무리 그래도 내가 잡은 놈은 가져갈래요."

찌는 듯이 무더운 날씨에는 에어컨 바람 속에서 공부방 수업하는 것도 좋지만, 나무가 울창한 계곡에서 자연학습을 하는 것이 더 좋다. 나무 그늘 아래서 하니 시원해서 좋고, 자연과 마주하며 즐길 수 있으니 일석이조다.

물속에서 가재를 잡는 일은 아이들에게 상상과 흥미를 유발시킨다. 살아있는 생명을 만지고 살피는 일이기에 조심스럽다. 하지만 그 속에서 좋은 경험과 교훈이 있어서 자주 하고 싶은 일이다.

가재잡기하기에는 딱 좋은 날이다. 차 한 대로는 안 되겠다고 하니, 주민자치센터 예비군 중대장이 데려다준다. 며칠 전 폭우를 동반한 장마가 지나간 후다. 폭우에 가재가 떠내려가서 없으면 어쩌나, 하는 불안감을 가지고 계란마을 뒷산으로 향했다.

언제나 야외수업을 하는 날은 아이들이 좋아하는 소리가 요란하다. 게다가 가재를 잡는다니, 개구쟁이 녀석들 좋아하는 소리로 왁자지껄하다.

아이들은 가재에 대한 기대가 크다. "선생님, 정말 우리 동네에 가재가 살아요?" "믿어지지 않니?" "네, 그런데 큰 가재여요?" "글쎄, 며칠 전 비가 많이 와서 다 떠내려가고 아기 가재만 남았을 걸." "에이, 난 큰 가재를 잡을 거예요." "그래, 할 수만 있다면 해 보렴." "그런데, 선생님. 가재는 맑은 물에만 산다는데요?" "그래 우리는 그것을 확인하러 가는 거야."

신천동 고가도로를 지나 계란마을 입구에서 차를 세워 두고 걸었다. 계란마을에서 산으로 난 오솔길을 아이들과 걸었다. 언제는지 남사아이들은 그냥 걷지를 않는다. 뛰어가다가 다시 돌아오기도 하고, 먼저 달려가다 길가에 앉아 기다리기도 한다.

작은 집들이 있는 계란마을에는 비비추, 나팔꽃, 능소화가 지나가는 아이들을 향해 미소 짓고 있다.

마을을 지나니 계곡을 따라 오르는 오솔길이 있다. 징검다리를 건너기도 하고 개울을 건너기도 한다. 바지를 걷어붙이고 샌들을 신은 채로 물을 따라 걷는 아이들도 있다. 남자아이들은 징검다리를 건너지 않고 물을 따라 철버덕거리며 계곡을 따라 오른다. "앗 차가워, 물이 왜 이리 차." 물길을 따라 내려온 돌들이 장마 통 물길에 씻겨서인지 하얗고 빨갛다. 돌들은 말간 물속에서 아이들의 발에 밟힌다.

정자가 있는 산 중턱까지 와서 아이들과 계곡물로 들어갔다. 물이 차갑다. 시내에서 보던 물 같지 않고 맑고 투명하다. "선생님, 물이 아주 차갑고 맑아요." "그래, 그래서 가재가 살 수 있는 거란다."

예상했던 대로 가재는 보이지 않았다. 키가 별로 크지 않은 강혁이가 물살이 없는 곳의 돌을 들추더니 가재 한 마리를 잡았다. "어, 아주 어린 아기가재네." "얘들아, 강혁이가 가재를 잡았다. 아기가재야." "선생님 가재 어떻게 해요." "어디 보자, 아기 가재구나. 깨끗한 물에 넣어서 정자아래 갖다가 놓으렴." "컵에 깨끗한 물 담고 가재를 넣어주자." "야, 우리들도 눈 크게 뜨고 한 마리 잡아보자." 아이들은 서로 돌을 들추며 가재를 잡느라고 정신이 없다. "가재를 잡으려면 물이 흐르지 않는 곳에 있는 돌을 들춰 보아라." "여기 이렇게 작은 돌 아래도 있어요?" "그래."

감기 기운이 있던 소연이도 바지를 걷어붙이고 물속으로 들어온다. "선생님. 저도 할게요." "안 돼, 감기가 더 심해지면 안 돼." "아니요. 여기에 오니까 이제 괜찮아요." "감기 더 심해지면 안 되니까 조금만 있다가 나오자."

나는 아이들에게 조금 더 큰 가재를 잡아서 보여주어야 할 텐데, 하는 마음으로 돌들을 들추었다. 낙엽이 쌓인 곳에 돌 하나를 들췄다. 순간, 낙엽인 듯한 검은 물체가 일어나 무작정 손으로 잡았다. 가재를 확인하기도 전에 옆에 있던 아이가 소리를 지른다. "야. 선생님이 가재 잡으셨다. 큰 가재야." "어디. 어디. 와. 정말로 크다." "선생님 제가 가지고 있을 게요." "아니요. 제가요." "컵에 깨끗한 물을 담고 성사아내 탁자에 갖다 놓거라." 가재의 길이는 3~4센티미터쯤 되었다. 등이 까맣고 반짝반짝 빛이 났다.

아이들을 정자로 모이게 했다. 정자 아래 탁자에 올려놓은 가재는 아기가재 두 마리 큰 가재 한 마리다. 모두

가재를 만져보고 관찰하도록 하였다. 여자아이들은 쉽게 가재를 만지지 못한다. "저 집게발로 물 것 같아서 무서워요." "가재가 화가 났나 봐요. 집게발은 하늘로 들고 있어요." "에이, 뭐가 무서워?" 남자아이들이 집게발을 툭툭 건드리자 가재는 화가 잔뜩 났는지 집게발을 하늘로 더욱 세게 치켜든다. 무섭다고 하면서도 아이들은 가재의 길이와 다리 개수를 살펴보고 촉감을 느끼도록 살짝 만져보는 아이도 있었다.

"이제 가재가 어떤 모습인지 알 수 있지요?" "네, 선생님. 그런데 다음에 더 큰 가재들이 많이 있을 때 다시 와요." "그럼 이 가재는 누가 가지고 가죠?" "가져가는 건 안돼요. 지금부터 가재와 이별을 하러 가자." "가장 맑은 물이 있는 곳에서 건강하게 잘 살다가 아기가재들을 많이 낳으라고 하자." "에이, 선생님, 저 주세요." 저마다 한 마디씩 하는 아이들을 데리고 물이 맑고 잔잔한 곳에 동그랗게 모이도록 하였다.

"자. 이곳에다 놓아주자, 모두들 잘 가서 잘 살라고 인사를 해야지." "안녕, 가재야, 건강하게 잘 살아라." "아기가재야, 꼭 건강하게 큰 가재로 자라라. 안녕!" "어, 가재가 달아나지 않아요." "너희들과 헤어지기 싫은 가보다." "좀 더 깊은 물에 놓아주어요." 가재는 작은 돌 위에 잠깐 앉아있더니 물속으로 천천히 들어갔다. 이렇게 아이들은 가재와의 만남과 동시에 이별을 했다.

컴퓨터나 텔레비전 등 인공적인 것들만 보아오던 아이들이다. 가재를 잡는 재미를 조금밖에 못 보았지만 가재를 잡으면서 많은 자연들과 눈맞춤을 했다. 시야 속에 초록으로 우거진 나무들과 계곡을 흐르는 맑은 물과 물속의 자갈, 떠내려가는 나뭇잎, 소금쟁이, 가재들이 들어있다.

오늘의 자연과의 스킨쉽으로 아이들은 자연을 사랑하고 소중히 지킬 줄 아는 맑고 푸르른 건강한 어른으로 자랄 것이다. ▪

고구마 가을걷이

　고구마를 캐는 체험학습을 하러 갔다. 그 곳에는 고구마뿐만 아니라 콩도 있었고, 벼들이 노랗게 익어 있는 곳에는 우물에서 물이 흘러나오고 있었다. 우리는 선생님께서 고구마 캐는 설명을 하시는데 시끄럽게 떠들었다. 그리고는 선생님께서 나누어 주는 호미로 고구마를 캐는데 커다란 고구마가 나왔다. 나만 큰 고구마를 캔 것이 아니라 다른 친구들은 더 큰 고구마를 캐기도 했다. 고구마를 캐면서 많이 힘들었지만, 많은 수확을 얻었다. 다 캐고 나서는 고구마를 새참으로 먹었다. 참 맛있었다. 우리들이 직접 캔 고구마라서 더 맛이 있다는 생각이 들었다. 새참을 다 먹고 나서 선생님께서는 고구마를 나누어 주셨다. 다른 아이들은 무턱대고 큰 고구마만 찾는데 나는 중간 크기의 고구마를 골라서 담았다. 그 때 혜리는 내 봉투보다 더 큰 봉투에 나보다 더 많은 고구마를 가져갔다. 집에 가서 내가 캔 고구마를 쪄 먹었다. 맛이 있었다. 내가 캔 고구마라서 더 맛이 있었다. 고구마 농사짓는 체험을 갔다 와서 농사짓는 아저씨가 아무리 힘들어도 수확을 할 때 그 기쁨을 얻기 때문에 하는 것이라는 생각이 들었다. 올해 우리들의 고구마 농사는 정말 풍년이었다. 농부들처럼 우리들은 정말 기분이 좋고 즐거웠다.

—조은(우터골초교 4-2)

공부방 어린이가 고구마를 캐고 나서 쓴 체험기다.

지난봄 아이들이 논둑을 걸어와 심었던 고구마를 캐는 날이다. 고구마를 캐러 가는 아이들은 벌써부터 마음이 하늘로 둥실 떠올랐다.

고구마밭은 길마재 대동 우물이 있는 곳에 있다.

고구마 캐는 요령을 설명해도 자연 속에 풀어 헤쳐진 아이들은 도무지 들리지 않는 듯 딴짓들이다. 고구마 캐는 일이야 고구마 있는 포기에서 호미질만 하면 된다고 쉽게 생각하는 것 같다. 아이들은 제각각 호미를 들고 고랑에 앉아 고구마를 캔다. 여기저기서 큰 고구마를 캤다고 소리를 질러댄다.

새빨간 고구마를 캐내곤 흐뭇해 한다. 고구미 몇 개를 캐곤 금방 농사꾼이라도 된 듯 호미질에 익숙해진다. 호미가 없는 아이는 친구들이나 혹은 오빠가 캐낸 고구마를 한데 모아 고구마 무더기를 만든다.

"야! 싱싱하기도 해라. 정말 빨갛죠?" "의젓한 꼬마 농군이네, 거 참, 잘도 생겼구나." 이젠 고구마 캐는 게 제법 익숙해진 아이들은 아예 선생님도 찾질 않는다. 오누이가 정답게 마주 앉아 고구마를 캐는 아이도 있다. 오빠는 호미질을 하고, 동생은 넝쿨을 당긴다. 호미를 땅에 내리꽂을 때 고구마가 나오면 좋아서 좋아서 소리를 질러댄다.

"얘들아, 여기도 큰 고구마 한 개 나왔어, 이거 봐, 이렇게 크잖아." 누군가 한 사람이 큰 고구마를 캐고 소리를 지른다. 고구마를 캐던 녀석들이 자기들이 캐던 고구마를 집어던지고 우르르 그 쪽으로 몰려간다.

고구마를 심을 때와는 다르게 자기들이 심은 고구마 순에서 커다란 고구마가 나와 주니 신기하고 재미있다고 하면서 고구마를 캔다.

올해 아이들이 지은 고구마 농사는 대 풍년이다. 고구마 포기마다 주렁주렁 달린 빨간 고구마를 보며 입을 다물지 못한다.

얼마 지나지 않아서 일하는데 싫증이 나는지 한 명, 두 명, 우물에 내려가 물장난을 한다. 어느새 밭에 있는 아이들보다 우물가에서 노는 아이들이 더 많다.

우물가에는 주민자치위원들이 우물물에 고구마를 씻

어서 찌고 있다. 고구마 익는 냄새가 우물 주변에 가득하다. 고구마가 다 쪄지자, 새참 먹으라고 아이들을 향해 소리친다. 아이들은 우르르 달려 나간다. 빨갛고 파삭한 고구마가 솥에서 김을 올리고 있다. 아이들은 우물가에 둘러앉아 먹는 포근포근하고 달콤한 고구마 맛에 빠져버린다.

아이들은 자연이 주는 혜택이 얼마나 고마운지, 농사일이 얼마나 힘든지, 수확의 기쁨이 얼마나 큰지, 함께 일하면 얼마나 즐거운지를 몸소 느꼈을 것이다. ■

212 시위를 당기기 시작했다

나무를 둘러싼 공방전

입체적 대화

어제는 하루 종일 비가 추적추적 내렸다. 비 갠 아침 창밖의 느낌이 달라서 문을 열고 마당에 내려선다. 밤새 무슨 일이 있었는지, 바람은 싸늘하다기보다 촉촉한 기운이다. 마당 앞 살구나무로 가서 가지를 보았다. 눈에 띄는 것도 없는데 가슴이 두근거리는 건 왜인지 모르겠다.

물기를 머금은 가지가 눈물에 젖은 듯하다. 순간, 햇살이 다가온다. 햇빛에 드러난 물방울이 '반짝'하고 신호를 보낸다. 빛나는 물방울을 지나칠 수 없어 가지로 눈을 가까이 하고 살펴본다. 겨우내 눈 감고 있을 거라 생각한 꽃눈에 맺힌 물방울이다.

볼록 거울 물방울 속에 볼록해진 꽃눈이 보인다. 가지에는 살포시 붉은빛이 돈다. 꽃눈은 봉싯하고 불어나 있다. 살짝 꽃빛깔을 내비친다. 아침 햇살이 꽃눈에 맺힌 물방울에 붉은빛을 얹어주고 있다. 꽃눈마다 무슨 말을 주고받는지 생동감이 넘친다. 손을 모아 귀에 대니 속삭임이 들린다.

꽃눈: 야~아! 누구야! 졸려 죽겠는데 누가 자꾸 간질이는 거야?

물방울: 일어나. 일어나란 말이야. 해가 중천에 떴어, 봄이 왔다구!

꽃눈: 중천에 떴으면 떴지 왜 소란을 떨고 있어?

물방울: 눈치 못 채겠니? 이 따뜻한 손길이 느껴지지 않니?

꽃눈: 뭐라고? 벌써 봄이라고? 어, 저 햇살, 정말 봄이네!

물방울: 그래그래, 어서 일어나 처음부터 다시 시작하는 거야. 늑장 부리지 말고 부지런떨라고, 어서, 어서!

꽃눈: 조용조용! 가만히 들어보렴, 무슨 소리야. 이 쿵쿵대는 소리는?

물방울: 아, 심장소리. 너 지금 떨고 있구나? 그리 심하게 설레다간 심장이 터지고 말거야.

꽃눈: 그렇군, 내 심장소리로군, 해마다 앓는 연중행사지.

물방울: 한 잠 자둬, 이제 잠 잘 새도 없이 바빠질 거야.

꽃눈: 밤새도록 토도독 소리가 끊이지 않아서 잠을 설치게 하더니 봄을 재촉하는 네 소리였구나.

물방울: 그냥 두면 까맣게 눈감은 네가 언제 일어날지 몰라서. 봐, 저것 봐. 가슴이 부픈 만큼 부풀어오는 네 망울들을 봐. 드디어 너희 꽃들의 계절이야.

아침 햇살에 보는 꽃망울들은 대롱대롱 매달린 물방울과 마치 이런 대화를 하는 듯 입체적이다. 저들의 대화로 봄이 온다면 어젯밤 온밤이 왁자지껄했을 텐데, 나는 어무것도 모른 채 잠만 잤다. 밤새 내린 비가 가지를 흔들어 깨워 가지마다 꽃망울들을 부풀기 시작하는 아침이다.

어제만 해도 마당의 살구나무 꽃가지들이 앙상하기만 하더니 곧 봄이 곧 무더기로 피어날 것이다. 이것으로 나의 마당일기는 시작되고 노트와 펜을 가방에 챙겨 넣고 꽃밭의 꽃눈들을 찾아 인터뷰를 떠날 것이다.

노트 속에 까맣게 잠들어 열리지 않는 내 글의 세계에도 밤새도록 비가 내리고 첫 새벽 반짝하고 햇빛이 든다면 문장과 단어들이 한데 모여 물방울 속의 꽃눈처럼 볼록해지기 시작할까? 글의 물방울은 언제쯤 맺히고 언제쯤 햇살이 비칠런지, 언제쯤 글 눈이 열리고 글꽃이 피어날지. ▪

햇살 가득한 마당

며칠째 비가 내리더니 오랜만에 햇살이 퍼지는 아침이다. 맑게 갠 날씨는 사람의 마음까지 깔끔하게 한다. 나는 이렇게 흐린 날을 지나서 화안하게 퍼지는 아침 햇살을 좋아한다.

모처럼 문을 열고 창밖을 본다. 텃밭엔 계속 내린 비 덕분에 씨앗을 뿌려놓았던 무, 배추, 상추, 쑥갓들이 푸른빛을 띠고 솟아나고 있다. 누가 먼저랄 것도 없이 초록 잎들은 잡초며 채소며 가리지 않고 치솟아 오른다. 문제는 내버려두어도 잘 자라는 잡초들이 결국은 가꿔놓은 야채를 덮쳐버린다는 것이다. 잡초는 금세 밭을 잡초세상으로 만들기 때문에 모두 뽑아내야만 한다.

비온 뒤의 햇살은 이런 걱정은 아랑곳하지 않고 차랑하다. 하늘이 맑고 해와 바람이 좋은 날이다. 황사가 하늘을 점령하고 있는 동안, 마당에 빨래를 널지 못했었는데 이제 햇살이 잘 드는 빨랫줄에 가지런히 펴 넌다. 종일 햇살을 받으며 햇살을 흠뻑 먹은 빨래들이 햇살의 느낌으로 뽀송뽀송하게 살아날 것이다. 어느 곳도 그냥 지나치지 않고, 골고루 내리쬐는 햇살이다. 지나간 자리마다 뽀샤시 해진다. 햇살은 눅눅하고 칙칙한 옷가지며 침구들을 파고든다. 직조된 올들을 건드려 촉감 좋은 새것으로 만들어 준다.

우리가 살아가는 세상사를 그렇게 물에 헹구어 햇볕에 말려낼 수 있다면 좋겠다. 뽀송뽀송 살아나 다시 시작할 수 있으면 좋겠다. 오랫동안 침체되어 그날이 그날같이 살아가는 날에 햇살 같은 일이 생긴다면 얼마나 좋을까?

잘못인 줄 알면서도 타성에 젖어 그렇게 사는 사람들이 많다. 자신을 돌아보고 잘못을 깨달아 고쳐나가기란 쉽지 않은 일이다. 하지만 나쁜 관념이나 습관을 고치다 보면 삶이 달라질 것이다. 삶이 달라지게 할 수 있는 일에는 도덕이 필요하고 인문학이 필요하고 종교가 필요하다. 대화할 수 있는 상내가 있으면 더 좋다. 이것이 어느날 햇살을 만나는 일 같은 건 아닐까?

뭔가 뜻대로 일이 되지 않을 때 절망한다. 그럴 때 수렁 같은 침체된 늪에서 헤어나지 못하는 점점 빠져든다. 주위가 모든 늪이라고 생각하며 헤어나지 못한다. 그 속에서 버둥거릴수록 더 깊은 곳으로 빠져든다.

  그럴 때면 책 속에 빠져들어 나를 돌아본다. 펜을 들고 몇 줄이라도 써내려가기도 한다. 또는 마음을 나눌 수 있는 진정한 친구를 찾아 허심탄회하게 마음을 나누면서 어떤 위안을 얻기도 한다. 그것을 마음의 햇살 같은건 아닐까?

  깊이 생각하면 진정으로 마음을 펴 널 수 있는 햇살 가득한 마당 하나가 어디 있을 것 같다. 그 환한 마당에 때때로 어두워진 마음을 펴널기도 하고 그 햇살 속에서 마음의 싹을 틔우다 보면 새로운 내가 태어날 것이다.

  정오의 햇살아래 시퍼렇게 솟아오르던 풀들이 주춤거리다 고개를 드는 팔월의 오후다. 빨간 고추잠자리가 빨랫줄에 앉을까말까 망설이다 날아간다. 종일 햇살을 먹은 빨래들이 뽀얗게 살아나고 있다.

  빨랫줄의 이불홑청이며 옷가지들을 하나씩 걷어 안는다. 빨래를 한 아름 안고 얼굴을 묻는다. 코끝으로 번지는 냄새가 햇살의 냄새일 것이다. 따뜻하고 달콤하다. 햇살의 냄새가 가슴으로 파고든다. 빨래를 안고 안으로 들어가기 전에 정수리에 햇살을 이고 잠시 하늘과 해의 느낌을 얻는다. 끈적거리고 축축한 것들이 활짝 걷힌다. 한

올이라도 눅눅해지기 전에 빨래 사이사이 해의 느낌을 접어 넣는다. 장농 서랍 안에 햇살 냄새가 가득하다.

오늘 밤에는 햇살 이불을 덮고 포근한 잠을 잘 것이다. ▪▪

나무를 둘러싼 공방전

비 오고 난 후, 아침이 싱그럽다. 여름을 지나는 나무들은 짙을 대로 짙은 초록빛을 띄고 있다. 창문을 열고 마당에 길길이 솟은 나무들을 보며 심호흡하는 것이 나의 큰 즐거움이다.

내가 사는 마을은 나무들이 우거졌던 자연부락이었는데 어느 순간에 여기저기 공장건물들이 들어서고 집들은 공장 건물에 묻혀서 보이지 않는 마을이 되었다. 이젠 자연부락이란 말을 할 수 없게 된 것이다.

이런 마을에 살면서 유독 우리 집만 커다란 나무와 꽃들을 맘껏 자라게 내버려두고 있다. 여름에 마당에 들어서면 산 속에 있는 듯이 살갗이 써늘해지는 느낌이다. 나는 그런 느낌이 좋다. 오래된 나무가 집과 텃밭 끝으로 빙 둘러 싸고 있어서 밖에서 보면 마치 작은 숲처럼 보인다. 멀리서 보면 나무에 가려 집이 보이지 않고 집에서도 이웃의 집들이 보이지 않는다. 완전히 숲속에 든 셈이다. 나는 그런

오붓함이 좋고 싱그러움이 좋아서 꽃을 심고 나무를 가꾼다.

그런데 집 주변에 자라는 나무를 두고 시어머니와 나의 의견이 부딪혔다.

시어머니는 나무들을 베어야 한다고 틈이 날 때마다 말을 한다. 나무가 무성하게 우거져서 그늘 때문에 텃밭의 곡식이 잘 되질 않으며, 모기가 많아서 문을 열고 살 수가 없다는 것이다. 시어머니가 말하는 것은 인정하지 않을 수 없는 부분이다.

나무가 높이 무성하게 자라서 텃밭에 심은 곡식들이 그늘 때문에 연약하게 자란다. 게다가 밭에 나가 상추나 고추, 오이를 따다 보면 모기를 수없이 물리는 일이 다반사다. 집 안에서도 문만 열면 모기가 몰려들어서 모기와의 전쟁을 치러야 한다. 그리고 한여름 무성하게 우거졌던 나무가 가을이 되면 마당이나 텃밭에 떨어져 나뭇잎으로 가득하다. 바람이 불면 나뭇잎이 이리저리 굴러다니며 어느 곳이든 다 덮어버린다. 그 또한 사는데 불편한 일이다.

그러나 나는 주장한다. 나무가 있어서 단점도 있지만 우리에게 주는 장점이 더 크다고. 가족들의 건

223

강과 연결된다고 하면서 여러 가지 장점을 들어 시어머니를 설득해본다. 첫째 우선 주위에 나무가 많아서 좋은 공기를 마실 수 있어서 건강에 좋다. 둘째 마을 앞길을 달리는 자동차의 먼지가 몹시 심한데 그 먼지들을 나무가 막아주니 좋은 일이다. 셋째 주변에 들어선 공장에서 나는 연기며 먼지들을 이 나무들이 떡 하니 막아주니 좋다. 넷째 무엇보다 나무가 품어내는 피톤치드는 돈을 주고도 못사는 건강에 좋은 공기다. 그래서 어머니도 건강한 거다라고 열변을 토한다.

아무리 장점을 이야기해도 햇빛 좋은 마당에서 야채를 가꾸고 빨랫줄에 빨래를 뽀송뽀송 말리는 일이 더 좋으신 시어머니다.

이렇게 나무 때문에 고부간에 엇갈린 색을 가지고 있으니 이걸 어쩌나 하면서 집 주변의 나무들을 둘러본다. 삼십 년 전 초가집을 헐고 새로 집을 지었다. 담장을 하려니 비용이 너무 많이 들어서 마당이 딸린 텃밭 주변을 돌아 어린 묘목을 심었다. 단풍나무, 은행나무, 산벚나무, 사철나무, 박태기나무, 매화나무, 매실나무, 모과나무, 밤나무, 그리고 텃밭과 연결된 마당 끝으로는 벚꽃, 자목련, 백목련, 명자꽃나무, 라일락, 앵두나무 등을 심었다. 구할 수 있는 나무는 다 구해서 심었다. 그 때 심은 한 뼘 길이의 묘목들이 서로 햇빛을 내주고 보듬으며 몸을 비틀며 솟구치며 큰 나무와 작은 나무들이 공존하며 자랐다. 그 속에서 자연의 법칙에 순종하며 잘 살아왔다.

나무를 심어놓고 맘껏 자라라고 가지치기도 하지 않았다. 마당 주변은 마치 야생의 어느 숲을 연상하게 했다. 울퉁불퉁, 삐죽삐죽 솟은 나무의 기운들이 집안으로 몰려오듯 살갗으로 부딪치는 느낌이 좋았다. 그 속에서 크게 심호흡하면 누가 뭐래도 나는 숲의 중심에 선 자연인인 것 같았다.

오늘도 시어머니는 다시 또 한 마디한다. "얘야, 나무그늘 때문에 우중충한데 나무를 베어버리지 그러냐. 빨랫줄도 높이 걸고 텃밭에 시금치씨도 뿌려야겠다."

"어머니, 빨랫줄은 나무가 없는 마당 안쪽에 걸었고요. 나무들이 이렇게 푸르니 피톤치드가 나와서 병을 없앤대요. 어머니도 좋은 공기를 매일 마시시니 건강하게 오래오래 사실 거예요. 저것 보세요. 길거리 차가

225

지나가면 뿌옇게 일어나는 먼지를 요. 저런 먼지를 나무가 다 막고 섰으니 얼마나 좋아요. 시금치나 야채와 토마토는 얼마든지 심어서 잘 가꾸고 있잖아요. 어머니." 이른 아침부터 마당에서는 고부간에 공방전에 들어간다.

결국, 나무를 자르기로 했다. 어머니와 나의 의견을 절충해서 위로 치솟은 정수리 부분과 곁가지를 다듬어 주기로 한 것이다.

주말에 시동생이 톱날을 들고 30년 이상 묵은 나무를 타고 올라갔다. 시동생이 무거운 전기톱을 들고 잘 할 수 있을지 저 커다란 나무에서 기우뚱이라도 하면 어떻게 하나 하는 걱정이 앞섰다. 마음이 조마조마했다.

나무의 정수리가 썽둥 잘리고 가지가 잘리는 데는 신경이 쓰이지 않았다. 시동생이 나무에서 내려오고 나서야 나무의 모습이 들어왔다.

마치 마음 한쪽을 썽둥 잘라낸 거 같다. 잘라낸 곳에는 이미 파란 하늘이 서슴없이 들어와 앉았다. 여기저기 조각난 나무 사이로 건너편 마을도 들어왔다. 마을 안길을 달리는 자동차들이 뽀얗게 먼지를 일으키며 지나간다. 나만

의 공간을 누군가 넘겨본다는 생각이 들고 나무가 썽둥 잘려나간 그 허전함이 오랫동안 남았다. ▪

초록이 주는 두 가지 의미

여름 들판으로 나선다. 어디를 보아도 초록이 넘실댄다. 이 초록의 세상에 서면 마음이 숙연해진다. 마치 나도 그들과 함께 초록의 나무가 되어서 이 들판을 지키고 선 기분이 된다. 여름이 계절의 한 복판에 들어설 때 들판은 진하디 진한 초록 물로 가득차서 비켜설 곳이 없게 된다. 이런 들판에 서면 초록이라는 이름에 의미를 부여해주고 싶다.

초록이 내 발을 껴안는다. 초록이 지친 몸을 껴안고, 마음을 껴안고, 정신을 껴안을 때 지친 세포들이 긴장을 푸는 걸 느낀다. 그것은 세상 속에서 억눌리거나 나를 풀어내지 못했거나 이것저것으로 시달린 나에게 주는 위로다.

뿌옇게 잘 보이지 않던 시야가 정리되고, 탁해서 숨쉬기 불편하던 공기가 아니다. 순식간에 편안한 호흡으로 안정을 찾는다. 가슴의 응어리가 초록과 섞이면서 후련해진다. 이럴 때 나는 초록물 흠뻑 든 나무다.

도시의 곳곳에서도 초록을 만난다. 도시는 거리에서, 공원에서, 작은 공터에서, 친환경으로 많은 사람들이 초록을 누리도록 조성하였다. 길을 가다가도 공원에서 떼로 몰려있는 초록을 만나면 잠시 심호흡을 한다. 이렇게 도시 속에서도 초록은 잠깐이나마 위안을 준다. 이곳을 관리하고 초록을 내어 준 손길들에게 감사한다.

초록은 인간이 침범할 수 없는 내면을 지니고 있는 게 분명하다. 과학이 아무리 발달해도 초록의 본질을 변질시킬 수 없다. 초록은 연약하면서 탄탄하다. 부드러우면서 질기고 차갑다. 그런데 스며든다. 초록이 스며드는 때, 나는 인공적인 것을 거부한다. 초록은 결코 초록에 대한 기대를 저버리지 않는다.

인공지능이 자연지능을 초월한다 해도 인공지능은 언젠가 그 안에서 부식되는 부산물이 생산될 것이다. 그것들을 해독할 방법은 초록이라는 광합성의 세상일 것이다. 불과 바람과 햇빛이 만들어 내는 이 초록 안에는 무궁무진한 해독지도가 있다는 말이 반갑고 고맙다.

발전하는 과학으로 인공부산물이 수없이 불어나서 지구가 공해로부터 벗어나지 못하게 될 때 그것을 지켜내는 것은 초록의 세상뿐일 것이다. 초록은 부패된 생명에

229

서 새로운 생명으로 소생시키는 힘을 가지고 있다. 그러서 초록을 만나면 편안하다. 초록을 이야기하는 것이 즐겁다.

초록에는 미래에 대한 꿈이 있어서 좋다. 생명을 꿈꿀수 있어서 좋다. 나는 마당에 서서 움트는 초록을 읽고 자라는 초록을 이야기한다. 꽃피는 초록을 설계하고 초록을 위해 고심하는 과정에서 두 가지 의미를 생각하게 된다. '위로'라는 의미와 '생명'이라는 의미다.

지치고 힘들 때 어딘가 가서 쉬고 싶을 때 생각나는 곳이 바로 어떤 들판이거나 산이다. 거기에는 사방에 초록이 펼쳐져 있는 곳이다. 그 속에 들어서면 벌써 공기를 한가득 물고 있는 풍선과 같은 마음이 된다. 벌판에서 부딪치는 푸름 속에서 어느 순간 초록 속으로 동화되는 것이다. 피곤하고 지친 것들을 달래주고 잊게 해주니 위로라는 의미가 충분할 것이다.

또 하나의 의미인 생명은 과학적인 의미일 것이다. 나는 과학적으로 풀어내는 초록이 주는 생명에 대한 의미를 매우 긍정하는 팬이다.

초록을 무한히 키워갈 수 있는 마당이 있어서 좋다. 누가 뭐라고 하든지 씨앗을 심으면 어떤 모양으로든 움트고

번성한다. 그에 걸맞은 꽃이 피고 씨앗을 맺고 다시 움트는 생명 연장선 상에 선다. 마당에는 여러 가지 나무와 꽃들이 자라고 있다. 봄 여름 가을 겨울 나무와 꽃들이 주는 풍경은 계속 변화하면서 새로운 모습을 보여준다.

어떤 사람들은 그렇게 꽃을 가꾸어서 판매라도 하려고 그러느냐고 묻기도 한다. 물론 그렇게 묻는 사람들은 내가 할 일없어서 꽃밭에 주저앉아 호미질을 하고 있겠거니 하겠지만 내게는 초록이라는 자연이 주는 위안이 너무 크다. 한 없이 받아들이고 넘치도록 호흡하고 싶은 게 있다면 초록으로 자라는 저것들이다.

풍성한 자연 속에는 세상의 잡념을 안고 들어오는 가족이나 사람들이 위로를 받는 공간이 되기를 바란다. 그러면서 나는 하나하나의 초록을 작은 마당에 세워놓는 것이다. ◼

동서와 바라보는 조팝나무꽃

동서는 봄나물을 좋아해서 봄이 오는 들판을 좋아한다. 동서 내외가 주말에 다니러 왔을 때는 들판에 쑥이 솟아나기 시작할 때였다. 남편과 시동생이 밭에 일을 하러 간 사이 동서와 나는 집 근처의 조선시대 영의정을 지낸 김치인 선생 묘 쪽으로 올라간다. 그곳에는 쑥이며 달래가 잔뜩 있는 곳이다. 마당 옆에 밭을 지나 묘 쪽으로 올라가는데 조팝나무가 꽃을 무더기로 피우고 있다.

"형님. 저게 무슨 꽃이죠? 우리 쑥은 나중에 캐고 저기부터 가봐요."

"그럴까."

"네, 그런데 저게 무슨 꽃이죠?"

"응, 조팝나무꽃이야."

동서는 나물도 좋아하지만 꽃을 좋아한다며 꽃무더기 쪽으로 발길을 옮긴다. 언덕에 올라서는 순간, 하얗게 펼쳐진 조팝나무꽃 한 무더기를 보며 우리는 딴 세계라도 온 듯 새로운 풍경에 숨이 막혀 왔다.

자디잔 흰 꽃이다. 셀 수 없이 많은 송이들을 달고 있다. 꽃샘바람은 무자비했다. 어떻게 그 여린 꽃송이들을 마구 흔들어댈 수 있는지. 조팝나무는 대적할 수 없는 상대를 맞아 힘겹게 버티고 있다. 조팝나무는 세상이 무너져도 해야 할 것은 해야 한다고 꽃송이를 쭉쭉 뻗어 올리는데 꽃샘바람은 심술을 부린다. 조팝나무꽃은 파르르 떨면서도 꽃잎을 떨어트리지 않으려고 안간힘을 쓴다.

"형님도 이 아래로 서 보세요." "마치 물이 쏟아지는 폭포 아래 선 거 같아요."

"와, 그러네. 하얗게 일어나는 물보라." "이 꽃나무 아래 서면 동서 말대로 폭포 아래가 맞아!"

몸집이 작은 동서는 마치 철없는 소녀처럼 핸드폰 셔터를 꾹꾹 누르며 꽃의 영상을 담는다. 한참 꽃 사진을 찍다가 꽃 부더기 아래 앉으며 동서가 부른다.

"형님, 사진 많이 찍었는데 보세요. 하얀 꽃이 잘 나왔죠?"

"자네 사진 잘 찍네, 아주 좋아, 몇 장은 나에게 보내게"

핸드폰 속의 천방지축 자유로운 꽃 사진을 들여다보며 이야기를 한다. 바람이 차갑다. 꽃샘바람은 꽃에게만 부는 게 아니다. 잔디에 앉아 이야기를 나누는 우리에게도 참견을 한다. 조금 긴 스커트를 입은 동서의 하얀 다리가 차가워 보인다.

이야기를 나누는 중에도 꽃 무더기는 바람과 함께 여러 동작의 춤을 추니 바라보지 않을 수 없다. 꽃들은 우리들의 이야기 속으로 들어와 자기의 이야기를 건네듯 우리의 마음을 파르르 떨며 아리게 한다. 아릿한 것은 꽃샘바람에 휘날리는 꽃들을 보는 마음이다.

김씨 문중에 몸을 담은 동서와 나는 김씨라는 나무에서 자라는 하나의 가지들이다. 동서들도 이제 환갑 나이가 되어 간다. 그동안 우리에게 있었던 수많은 이야기들은 웃는 날도 우는 날도 하나의 꽃송이였다고 말하고 싶다.

지나간 시간들은 쓸쓸하고 아픈 날이었어도 지나갔기 때문에 웃으며 이야기할 수 있다. 마치 이야기책을 들여다보듯 발단, 전개, 절정, 반전이 있는 날이었다. 우리는 지나간 이야기를 하며 휘날리는 꽃송이처럼 마음이 흔들린다.

바람이 더 세차게 머리카락을 휘젓고 조팝나무 흔들리는 소리가 요란하다. 바람이 회초리라도 되듯 꽃들이 심하게 출렁거린다. 흔들리는 꽃이 안쓰러우면서도 그 모습이 아름다워 우리들은 마치 영혼이 나간 듯 꽃을 바라보며 하던 이야기들을 잊곤 한다. 흔들리는 꽃이 아름다워서 이야기를 잊듯 우리들의 슬픔을 나누며 슬픔을 떨궜냈다.

우리는 바람에 몸부림치는 꽃을 보면서 '꽃을 좋아하는 걸 몰랐던 관계'에서 벗어나 '꽃을 좋아하는 걸 알게 된 관계'로의 전환은 서로 긴밀한 관계가 되는 계기가 되었다. 동서와 앞으로 나누게 될 꽃들의 세계가 궁금해진다. 우리는 서둘러 쑥과 달래를 캤다.

그러다가 동서가 갑자기 정색을 하며 소리친다. "형님, 여기 제비꽃이 쑥 무더기 속에 피어났어요."

"자네는 제비꽃도 아네."

"그럼요. 자디잔 보랏빛 제비꽃을 얼마나 좋아하는데요."

그렇게 잔디 위에 빼곡하게 깔린 쑥과 달래를 부지런히 캐고 있는데 핸드폰 벨소리가 울린다.

"밭에서 일을 끝내고 왔는데 지금 어디 있어요? 점심 먹어야지." 남편의 전화다.

"네, 옆에 대감 산소에 있어요. 금방 갑니다."

김씨라는 나무는 여전히 가지들을 놓아주지 않는다고

동서와 웃는다. 쑥 담은 소쿠리를 들고 일어서는데 시동생이 찾아온다.

"어련히 안 갈까 봐 찾아오시옵니까? 오늘 메뉴는 쑥전이옵니다."

"쑥전에 막걸리 한 잔이라, 오늘 같은 날 딱 좋네 그려."

쫀득이 나물

모처럼 일요일이 무료하다. 마을의 형님이 운동도 할 겸 마을 건너편 산으로 나물 하러 가자 한다. 나는 얼른 따라 나선다. 산나물을 뜯으러 산에 갔던 일은 아마도 몇 십 년은 된 것 같다.

마을에서 산까지 가는 데 20분 정도 걸린다. 가는 동안 밭에서 나는 두엄냄새와 소독약 냄새 그리고 가는 길에 늘어선 공장에서 나오는 화공약품 냄새 등 여러 가지 냄새가 난다. 도시와 농촌이 섞인 냄새들이다. 도농지역이라는 말이 새삼스럽다.

산이 가까울수록 화공약품 냄새들이 멀어지고 꽃들이 자주 눈에 들어온다. 산이 막 시작되는 부분에서 만난 양지꽃이 앙증맞고 예쁘다. 그리고 제비꽃을 만난다. 이 제비꽃을 본지가 꽤 오래된 것 같다. 예전에 자랄 때는 주변에 널린 게 제비꽃이어서 귀한 줄` 몰랐는데 오늘 산에서 만나니 반갑기 그지없다. 발아래 활짝 웃고 있는 꽃들을 보며 산을 오른다.

봄이 한창 무르익고 있는 산은 온통 연둣빛 새순들이다. 산나물은 어디에도 보이지 않는다. 나물을 하러 오긴 왔는데 나물 대신 세상을 만나러 나온 연둣빛 새순들에 관심이 간다. 새싹이 나오는 모습을 보고 여기저기서 핸드폰 사진 셔터를 누른다.

나무들의 종류가 셀 수도 없이 많은 산이다. 각종 나무에서 쏟아지는 나무의 기운이 느껴진다. 가슴으로 깊이 호흡을 한다. 서늘한 기운이 가슴 깊이 스며든다.

새벽 산

늘 손짓을 받고 살았다

일상에서 멀어진 사이 덤배산 약수터 오솔길이 꿈속에서도 나를 부르고 있었다 꿈을 열고 양지편 앞 모롱이 돌아서니 장마 통에 제멋대로 자란 바랭이 억새 찔레 쑥대 개망초 생면부지 낯설다고 덤배산 입구를 막고 서 있다

비 온 뒤 산은 맑다 말갛게 씻어 단장한 어머니 같다 기다리던 자식 맞아 주듯 어둠과 함께 내게로 온다 거리가 좁혀지며 밤새 씻은 얼굴 큰 가슴으로 껴안아 솔향 세례를 퍼붓는다

딱정벌레처럼 붙어 다니던 검은 구름이 머뭇거리다 멀어져
간다

담쟁이가 나무를 오르고 있다. 나는 담쟁이가 싫다. 나
는 담쟁이의 근성이 싫다. 나무에 뿌리내리고 나무의 영
양분을 빨아먹고 자라는 것이 싫다. 담쟁이를 보면 왠지
온몸이 가려워지는 느낌이다.

형님이 나물 나무를 알려주었다. 매끄러운 빗자루 모
양의 새순이 돋고 있다. 새순이 빗자루 모양이다. 형님은
이름을 몰라서 나물을 무쳐 먹을 때 쫀득쫀득하다고 '쫀
득이'라고 부른다고 한다. 나물이라곤 눈 씻고 봐도 없는
산에서 쫀득이를 만났으니 아무리 곱게 생겼어도 오늘은
이 녀석들을 따기로 했다.

가까이에 이런 산이 있어서 좋다. 산은 우리에게 많은
것을 선사한다. 바람과 공기와 마음을 시원하게 해주는
신선함과 삶의 의욕을 불러일으키게 하는 푸름과 인가에
게 없어서는 안 될 여러 가지를 선사해주는 산이다.

쫀득이 새순이 천정에 가득 찼다. 눈을 감았다 다시 떠
도 파란 새순이 지워지지 않는다. 푸른 산이 꿈속까지 따
라 들어왔다. ▪

240 시위를 당기기 시작했다

노을지는 염전터

호조벌 풍경

 농사를 짓는 일이란 인간의 식량을 생산하는 일. 그런 면에서 농사꾼은 인류의 생명을 짊어진 사람들인 셈이다.

 옛날에는 겨울이 막 지나고 해토가 시작되면 사람들은 너나 할 것 없이 논에서 살다시피 하였다. 남편도 봄 내내 논에서 살다시피 하였다. 농기계가 없던 시절의 이야기다.

 시흥시 안현동 마을 앞에는 앞방죽, 오구재, 응담말, 개자리, 도당물 등등의 토속적인 이름을 가진 벌판들이 있다. 그 벌판이 호조벌이다. 조선시대에 호조에서 만들고 관리하는 들판이라고 해서 붙여진 이름이다.

 호조벌에 농사를 짓는 일은 논갈이부터 시작한다. 남자들은 농사철이 되면 소나 경운기에 쟁기를 달고 종일 논에서 살게 된다. 논을 갈아엎고 평지작업인 써레질을 하고 나서야 모를 낸다. 농사짓는 일은 남자만 하는 게 아니다. 집안의 여자들도 논에서 일하는 남정네들 뒷바라지를 하기 위해서 바쁘긴 마찬가지다.

하루 다섯 끼니의 식사를 마련하는 일은 논에 나가서 일하는 남정네들만큼이나 바쁘고 힘든 일이다. 새벽 6시 아침식사, 오전 10시 새참, 정오 점심, 오후 3시 새참, 오후 6시 저녁, 이렇게 다섯 끼니를 준비하려면 종일 종종걸음을 쳐야 한다. 아침과 저녁은 집에서 식사를 한다 하지만 오전, 오후 새참이나 점심식사는 논에서 하게 된다. 호조벌에 점심이나 새참 때가 되면 논둑길 따라 할머니, 중년 부인, 젊은 새댁, 갓 시집 온 새색시, 그리고 엄마 치맛자락에 조랑조랑 매달린 꼬맹이들까지 논으로 밥거리를 이고 나가는 풍경이 장관을 이룬다.

부지런하고 성질 급한 아낙을 선두로 이 논둑 저 논둑으로 갈라져 각자의 논둑에 자리를 잡는다. 각자의 논둑에는 부부 혹은 부자간에 정답게 앉아서 광주리를 펼쳐 놓는 것이다. 먼저 새참을 맞는 사람들은 이웃 논에서 일하는 사람들을 향해서 논이 떠나가라 소리를 지른다.

"어이, 여기 와서 막걸리 한잔하고 하세." 하면 저쪽 논에서 나와 이쪽 둑까지 와서 새참을 들며 막걸리로 목을 축이기도 한다. 이렇게 농사철이 되면 호조벌 일대는 논일하는 남정네들과 밥거리를 나르는 여인들의 모습이 하나의 풍경을 만든다. 지금 생각하면 요즘 시대엔 볼 수 없는 풍경이다.

논에서 일하는 남정네들은 살면서 어려운 고충을 논두렁에 앉아 담배나 막걸리 잔을 앞에 놓고 사는 이야기를 나눈다. 아낙네들은 아낙네끼리 새참 광주리를 머리에 이고 논둑을 걸으며 살아가는 이야기들을 나누며 슬픈 일과 기쁜 일을 나눈다. 지금 생각하면 힘들고 가난했지만 인정이 넘치고, 정답게 살던 시절이었다.

써레질을 해서 찰랑찰랑하게 물이 가득한 논은 마치 바다와 같았다. 이 틈을 찾아 반짝이는 물살 위로 황새들이 내려와 긴 다리를 세워 먹이를 줍는다. 사람들 기척이 나면 논 위를 나는 모습 또한 한가로운 농촌의 전형적인 풍경이다.

새참이 든 광주리를 이고 논둑길을 걷노라면 써레질로 집 잃은 개구리들의 울음소리가 애절하게도 들린다. 어떤 날은 씩씩하게 합창이라도 하듯 요란하다. 힘들고 고된 농촌생활 속에서 지친 몸을 끌고 집으로 향히는 농부들이 이런 풍경을 보면서 개구리 울음소리를 가엽다고도 했다.

농기계의 현대화는 농민들의 생활을 한 단계 끌어 올리는 역할을 했다. 트랙터, 경운기, 이앙기, 콤바인 등등

농기계들은 봄 내내 논에서 살아야 하는 수고를 덜어준다. 농민들에게 시간적 여유를 갖게 한다. 시간과 능률을 올려주는 농기계는 현대를 살아가는 농촌에 없어서는 안 될 기계들이다. 이렇게 농기계가 각 농가에 보급 되면서 벌판에서 있었던 옛날의 풍경은 보기 힘들게 되었다. 이랴, 이랴, 소를 모는 소리대신. 털털털, 타타타 하는 기계음이 시끄럽게 온 들판에 메아리친다.

이제 저 호조벌에 밥거리 내오던 여인들도, 소를 모는 농부도, 집을 잃어 우는 개구리 합창도 온데간데없다. 다만 근처의 중국집에서 배달 오는 오토바이 소리가 혹은, 봉고 트럭이 논둑을 가로 지르며. "자장면 시키셨어요?" 하고 논에다 대고 소리를 지르는 것이 논이 있는 벌판에서의 새로운 풍경이다.

이렇게 시대는 변하는 것이고 우리들의 정서도 바뀌어 가는 것이다. 인간 생명을 지키는 일 또한 시대의 변천에 따라 바뀌는 것은 어쩔 수 없는 일이다. 다만 변해버린 시대 속에서 옛날 풍경이 아련히 그리워질 뿐이다. ■

모 낸지 55일째

옛날 사람들은 '밥심이 힘이다'라고 했다. 지금은 산업화에 밀려 벼농사가 뒤로 한 걸음 물러나 있는 듯해도 아직까지 우리의 에너지원은 쌀이다.

시흥의 힘이 자라고 있는 호조벌에도 어느새 모를 낸지 55일 째다. 그동안 농부들의 보살핌으로 논의 벼들은 초록의 초세를 튼튼하게 키우고 있다. 남편은 말일부터 장마가 질 것이라고 미리 날씨를 점친다. 장마가 지기 전에 호조벌 오구재에 있는 논으로 나갔다.

요즘 논이 있는 벌판의 풍경은 벼포기의 상태와 병충해 그리고 영양상태까지 파악하는 농부들이 있다. 논둑의 상태와 물고가 제대로 잘 되어있는지 살핀다. 농부들이 괭이를 어깨에 메거나 오토바이나 자전거 혹은 자동차를 타고 이따금씩 다녀가는 모습이 정겹다.

지난 오월 초순께 모를 내고 지금까지 어린모의 뿌리내려 잘 자랄 수 있도록 관리해주는 기간이었다. 벌레를 막아주고, 영양을 공급해주고, 잡풀을 뽑아주었다. 물이 마르면 양수기로 물을 대주느라 밤잠을 설치기도 하였다. 이렇게 호조벌을 지키는 농부들의 일상은 똑같다.

앞방죽 논둑에서 벼들을 바라보니 벼들은 유아기를 막 끝내고 잘 성장하기 위해 교육을 받는 초등학생 시절인 듯하다. 완전한 벼로 성장하기 위해 열심히 자라고 있다. 딱 벌어진 포기로 병 없이 자라주기만 하면 되는 것이다. 줄 맞춰 나란히 정렬되어 있는 모습이 마치 운동회 날 일제히 '열중 쉬어, 차려' 자세 같기도 하고, 황금들녘으로 뛰기 위해 출발선에 선 선수 같기도 하다.

호조벌은 농지정리가 잘 되어있는 곡식창고다. 차 한 대가 달릴 수 있도록 사방으로 곧게 뚫린 길이 있어서 길에 서서 멀리 바라보면 단아한 풍경이 사람의 마음을 평안하게 한다.

즐겨 걷는 논둑에는 앞방죽논과 개자리논 사이를 흐르는 개울이 있다. 가다말 앞에 있는 논을 지나 미산동 앞 송신소까지 논길을 따라 이어져 있다. 이따금 키 큰 풀 사이로 개울이 나타나면 그 모습 또한 잔잔하여서 좋다.

모낸 지 55일 된 벌판은 벼포기들이 물결처럼 흔들리며 초록 수평선을 그려놓고 있다. 어린 벼포기들이 제법 튼실한 벼의 형태를 보이고, 논에서 일하는 농부들이 눈에 뜨이지 않아서 논둑길이 휑하게 비어있다. 군데군데 경운기에는 양수기와 호수가 실려 잘 묶여져 있다. 봄 내내 논에 물이 마르지 않도록 물을 퍼 올리던 양기수가 이젠 할 일을 다 한 것이다. 또다시 논에 물이 마르기 전 까지는 경운기도 양수기도 제 할 일 다 하고 이제 쉬는 시간이다. 다만 수문들이 수문장처럼 어린 벼들을 지키고 있을 뿐이다. 물을 내보내고 막아주는 역할을 하는 수문은 가뭄이 들거나 장마가 질 때 큰 역할을 하고 있다.

한가로운 논에는 사람들이 없는 틈을 타 황새들이 먹이를 구하러 연초록의 벌판 위로 날아든다. 마치 하얀 적삼을 입고 논을 매는 풍경을 연상하게 한다.

농부들은 모를 내고 잘 자라고 있다고 해서 일이 다 끝난 것은 아니다. 빈 논둑을 그냥 버려두지 않고 콩이며 들깨와 고추 등 여러 가지 생활에 필요한 곡식을 심는다. 이런 사람들이 있어서 호조벌은 사람 냄새나는 평화로운 들인 것이다.

시흥의 밥은 이렇게 시흥 사람들의 힘이 될 준비를 하고 있다. ▪

소금밭 일기
—노을 지는 염전터

    소금창고 40동이 사라지기 전의 일기다.

    조금 늦은 시간이다 싶은데 조그만 카메라를 들고 옛 염전을 찾았다. 진한 노을이 소금밭을 한창 물들일 시간 인데 뿌연 안개가 하늘을 가리고 있어서 투명한 석양을 볼 수 없다. 뿌연 하늘로 새어나온 노을빛이 흐려서 사진 을 찍고 싶다는 생각이 사라진다. 그래도 지는 노을을 잡 아 촬영을 시작했다. 하늘이야 어쨌든, 지금 석양은 구름 속에서 뉘엿뉘엿 하루를 마감하고 있는 것이다. 이 시간 이면 염부들도 소금에 전 몸을 이끌고 줄지어 귀가할 시 간일 것이다. 지금은 오랫동안 비워두어서 염생식물들과 쓰러져가는 소금창고만이 드넓은 염전을 지키고 있다. 노을은 예나 지금이나 변함없는 모습으로 하루를 붉게 물들이며 마감시키고 있다.

    소금창고에 들어서서 천정을 올려다본다. 썩지 않고 변하지 않을 것만 같은 소금의 집이었다. 소금기가 빠질 수록 삭아가고 있는 뼈대들이다. 온 삭신이 쑤신다고 하던 어머니 같다. 삐걱거리는 몸을 지탱하느라 안간힘을 썼다. 마지막 가시는 날까지 삶의 희망의 끈을 끝까지 놓지 않았다. 삭아서 앙상한 판자들로 금방 쓰러질 듯 한 소금창고가 그렇게 소금밭에 서 있다.

구름 속에서 어쩌다 비친 석양이 앙상한 갈비뼈 같은 판자들 빈틈으로 파고든다. 솨아아 바람이 갈대를 흔들고 지나간다. 어슴푸레한 어둠 속에서 발아래에 새록새록 솟아나는 칠면초와 염생식물들이 소금이 비우고 간 자리를 채우고 있다. 키 크고 억센 갈대와 칠면초와 이름 모를 염생식물 사이에서 퉁퉁마디가 연한 연둣빛 마디를 삐죽거리며 올리기 시작하고 있다. 나는 가만히 앉아서 그들을 쓰다듬었다. 부드럽고 매끈한 촉감이 손끝에 전해 온다. 누군가가 지나간 자리를 또 다른 누군가가 채워주듯이, 바닷물이 지나간 자리를 마디뿐인 퉁퉁마디가 생존하고 있다. 세상사는 이치가 폐허가 되어가는 이곳 옛 염전터에노 있나.

어머니는 봄이면 이 소금밭에서 나문재나물을 한 자루씩 뜯어 오셨다. 황해도 고향에서 즐기던 나물이어서 먼 길을 걸어서 좋은 나물이라고 뜯어 오셨다. 봄에 궁색한 식단을 나문재나물로 채우셨다. 부엌에는 빈 소금창고 같은 쌀뒤주가 있었다. 쌀뒤주가 해야 할 노릇을 나문재가 차지했다.

더 늦기 전에 노을을 포착해야 했다. 떠 있는 석양은 피날레를 펼치듯 구름을 걸치고 장관을 보여주고 있다. 구름이 노을을 부리는 것인지, 노을이 구름을 띄워주는 것인지, 용솟음치는 구름기둥이 마치 비상하는 새의 힘찬 날갯짓을 보는 듯 역동적이다. 문득 구름의 포즈를 잡는 내게 족제비싸리꽃이 그림자를 드리운다. 마치 꼬리를 하늘로 들고 있는 모습이기도 하다. 족제비싸리꽃이 들어있는 구름은 한층 더 굵은 용트림으로 하늘을 수놓고 있다.

소금밭에서 구름을 따라 석양을 따라 마음대로 걷고 떠든다. 벌판을 휘젓고 다니다 벌판 한가운데 앉아 생각에 잠겨도 나가라고 말 할 바닷물도 염부들도 없다. 있어야 할 염부들과 소금이 없는 공간에 여러 종류의 생물들이 공간을 차지하고 있다. 내가 세상에 없어도 세상은 잘 돌아가듯, 옛 염전 소금밭은 나름대로 살아갈 생물들을 자연스럽게 포용하며 키우고 있다. 어머니가 없는 세상도 끝인 것만 같았는데 가족들은 삶의 단계를 순응하며 자리를 잡고 잘 살아가고 있다.

옛염전 소금밭도 여러 가지 생물들의 보고가 되었다. 사람들은 이런 염전을 폐염전이라고 하지만, 닫혀 버린 염전, 쓰러져 버린 염전은 우리에게 또 다른 의미를 열어서 보여주고 있다. 살아있는 모든 것들에게 마음껏 자랄 수 있도록 자리를 내어주며 제각각의 개성으로 살아가게 문을 열어주고 있다. 다 삭아버린 소금창고가 있고 염전의 조각난 타일이 무더기로 쌓여있고 개흙이 쩍쩍 갈라져 있는 폐염전이지만 각종 염생식물과 멸종 위기의 저어새부터 황조롱이, 검은머리물떼새, 노랑부리백로 등의 새와 농게, 방게, 말뚝망둥어, 맹꽁이, 금개구리 같은 저서생물들이 보금자리를 틀고 자리 잡고 있다.

또한 그 소금밭에는 폐허를 타고 자라는 동식물처럼 폐허를 입고 자라는 감정들이 숨어 있다. 옛사람들이 소금을 채취하러 몰려들었듯, 사람들이 감정을 채취하러 몰려든다. 글 쓰는 사람, 사진 찍는 사람, 사색하는 사람, 그림 그리는 사람, 목청을 돋우는 사람 등 갖가지 사람들이 폐허에 서서 영감을 얻으려고, 자기를 찾으려고 이곳에 온다.

노을 가득한 옛 염전, 그 가운데에 서 보라. 그리고 저

앙상하게 무너져가는 소금창고에서 새로운 세계를 그려

보라. 얼기설기한 생각의 틈새로 새어 들어오는 저 붉은

빛이 무얼 말하는지 들어 보라. ◼

생매산, 그 숲을 지키던 바람은 어디로 갔는지

새와 매의 서식처였던 곳이 있다. 새매산으로 불리우다 점차 음이 변하여 생매산으로 불리던 곳이다. 모래가 많아서 모래산이라고도 했다.

돌이 많기도 하고 각종 나무들이 얽히고설킨 야트막한 산이었다. 산은 새와 짐승과 곤충이 많았다. 정상으로 갈수록 잡목이 숲을 이루어 각종 새와 노루, 토끼, 다람쥐, 청솔모 등 짐승이 많았고 뱀도 많았다.

산은 그곳 사람들을 살게 하려고 땔감으로 가랑잎을 내놓았고 나무와 나뭇가지들을 내놓았다. 팔팔 뛰는 짐승과 사람을 피해서 사는 여린 짐승들을 내놓으며 사람들을 받아들였다. 사람들은 뱀을 피하고 무서운 짐승을 피하면서도 신을 의지히고 살았다. 입산금지가 된 후로 사람들이 들어갈 수 없게 되었다. 산은 여러 가지 나무와 풀과 칡이 얽혀서 속을 들여다볼 수 없게 되었다.

소래중학교 가는 길 쪽으로 산은 쭉쭉 뻗은 소나무가 많았으며 한 쪽엔 참나무와 잣나무가 보기 좋은 모양으로 자라고 있었다. 바위나 많았으며 지금의 은행동 사거리 쪽엔 모래가 많아서 모래고개라고도 했다. 산 끄트머리로 계수동을 잇는 사거리 쪽에는 키 큰 아름드리 소나무밭이 있었고 소나무밭에는 띠풀이 많아서 풀 위에 앉아 있기가 좋았다. 동쪽에는 소래저수지가 있어서 여름이면 이 지역 사람들은 물론이고, 주변 도시 사람들이 이곳에서 휴가를 즐겼다. 인근 학교들은 소풍장소로 이용하곤 하였다.

산의 동쪽 능선에는 경찰종합학교 사격장이 있었다. 사격이 있는 날에는 총 쏘는 소리가 요란했으며 아이들은 사격장 모래밭에서 탄피를 주워 오기도 했다. 또한 산의 동쪽에 광덕물산이 있었고, 북쪽 외곽에는 대우통신, 남쪽 외곽에는 국제상사가 있어서 사람들의 생활의 터전이 되기도 했다.

산의 동쪽에는 산을 기대고 웃터골 마을이 자리하고 있었다. 웃터골 마을엔 약수터가 있었고 물이 많이 나와 장마가 지면 온 마을에 흙이 질척거려서 '남편 없이는 살아도 장화 없이 못산다.'라는 말이 나올 정도였다. 웃터골 마을에는 목장을 운영하는 사람들이 많았다. 한쪽으로 산이 있어서 목초를 구하기 좋은 환경이었다.

해발 86m의 구릉이 은행동, 신천동, 대야동, 계수동 근처까지 넓게 펼쳐져 야트막하게 소래산과 마주보던 산이었다. 1991년 은행동과 대야동 택지개발예정지구로 고시되면서 점차 사라져갔다.

지금은 산이 있던 북부에는 서강 2차, 서해, 청구아파트가 들어서 있고, 중부에는 은행근린공원, 남부에는 비둘기공원이 있다. 이 공원은 생매산 정상에 속한다. 동부에 광덕물산이 있던 자리에 맨 마지막으로 대우4차아파트가 들어섰다. 이제 생매산은 완전히 자취를 감추고 흔적조차 없이 매장되어버렸다.

생매산이 없어진지 20여년이 지난 2013년1월6일에 은행동 주민자치센터 주민자치위원회에서 생매산을 기억하고 추모하자는 제안을 하여 간담회를 열었다. 사람들은 의외로 없어진 생매산에 대해 관심이 많았다. 그리고 사람들에 의해 없어진 생매산을 사람들에 의해 밝혀내기 시작했다

산의 흙이 어디로 갔는지, 어떻게 이용되었는지, 산의 흙은 어떤 흙이었는지, 보드라웠는지, 거칠었는지, 바윗돌이 었는지, 모래였는지, 눈물이었는지, 눈물은 어디로 흘렀는지, 가장 큰 바위는 어디 있는지, 한쪽에 있던 소나무들은

어떻게 사용되었는지, 그 많은 잡목들은 어디로 갔는지, 그곳에 둥지를 틀었던 짐승들과 곤충과 새들은 어디로 갔는지, 그들의 울음을 들어보았는지, 흔적을 보았는지, 그 곳에 살던 사람들은 어디로 갔는지, 산이 없어지기 전에 기록을 했는지, 많은 이야기들이 봇물처럼 쏟아져 나온다.

이야기의 모든 기억을 불러 흔적을 찾기로 했다. 사진을 수집하여 전시하고, 사람들 이야기를 기록하고, 작으나마 산의 마음으로 미안해하면서, 생매산의 중심부인 비둘기공원에 추모비를 세우기로 했다.

함께 일을 추진한 사람들은 생매산을 본 적이 없는 사람들이 대부분이지만 그 날 산의 모습을 본 듯 가슴에 담았다.

산의 뿌리가 있던 자리, 그 자리에 뿌리를 내린 사람들이 산의 향기를 내며 산의 산소를 뿜으며 서로 얽혀진 나무처럼 살아갈 것이다. ∎

소금밭 일기
—다시 살아나는 소금창고의 봄

"어머, 이 꽃 봐." "응? 무슨 꽃이지? 너무, 예뻐." "너무 귀엽고 예쁘다. 자세히 보니 꽃다지인가 봐." "요즘 카페에 보면 꽃다지라고 올라오는 꽃이 있는데 꽃다지가 이렇게 작은 줄은 몰랐네."

내가 살고 있는 마을에서 좀 떨어져 있는 옛염전이다. 둑방길을 들어서서 소금창고로 들어갔다. 소금창고 들어가는 길로 꽃다지가 노랗게 아주 작고 낮게 깔려 있다. 마치 오랜만에 귀가하는 주인을 환영이라도 하듯, 길 양옆으로 노랗게 꽃을 피우고 있다.

화창한 봄날을 그냥 보낼 수 있느냐고 우리 만나자고 해서 만난 친구와 나는, 그 길에서 마치 영화 촬영이라도 하는 듯 엎드려서 카메라를 눌러대느라 정신이 없다.

"뭐야, 땅 속으로 아주 들어가라." 친구가 내게 장난을 친다. 하지만 꽃다지와 친해지려면 꽃다지와 눈높이를 맞춰야 하니 어쩔 수 없는 일이다. 엎드려서 보는 꽃다지가 있는 소금창고는 멋지다 못해 황홀감이 든다. 소금창고를 들어가는 길마다 꽃다지와 함께 풀들이 잘 어우러져 그림 같다.

소금창고마다 쪽문이 떨어져 나가 뒹굴고 있다. 사람들 발자국은 보이지 않아도 예전의 염부들 발자국이 들어있는 길이 나 있고 그 위로 새싹들이 파랗게 솟고 있다. 오직 끈질긴 뿌리 하나만 가지고 있는 풀꽃들은 누가 뽑아 버리기 전에는 영원히 그 곳에서 또 다시 봄을 맞을 것이다.

소금창고 앞쪽 소금밭으로 갔다. 염부들이 일하다 만 흔적인 듯 타일이며 통발 같은 것이 여기저기 널려 있다. 모두 다 떠나간 그 흔적 위에도, 갯고랑에도, 염전 타일 사이에도 새싹이 나기 시작한다. 친구와 나는 새싹을 신기한 듯 들여다본다. 칠면초가 염전바닥에 마구 밀려 올라오고 있다. 군락을 이룰 날도 얼마 남지 않았음을 알 수 있다. 염전 갯벌 한쪽 둑에서 친구는 하얗게 핀 민들레를 발견하고 카메라를 들이대곤 연신 감탄을 한다. "친구야. 이 하얀 민들레, 다른 데서는 보기 힘들지? 아마도 오염이 안 된 곳이라서 이곳엔 하얀 민들레가 있나 봐, 호호" "그럴지도 몰라, 쑥도 이제 막 나오기 시작하네, 우리 쑥도 뜯을까?" "좋지, 그런데 오늘은 시간이 안 되고 나중에 오자, 정말 오염이 안 되어서 좋겠다.”

오래된 친구는 아니지만 염전을 함께 거닐고 이야기를 나누면서 친구의 깨끗한 감성이 좋았다. 이러한 감정을 함께 나눌 수 있는 친구를 만난 것이 참 다행이란 생각이 든다.

염전에는 무언가 들락거리는 수많은 구멍이 있다. “여길 봐, 이 구멍들에서 아직도 뭔가가 살아 있나 봐.”“아냐, 빈 구멍일 거야.”“이것 봐, 여길 보란 말이야, 발자국이 이렇게 찍혀 있잖아.” 구멍엔 발자국들이 오소소 찍혀 있다. 다 죽어 있는 듯 한 갯벌에서 살아있음의 흔적인 것이다.

소금창고를 나와 둑방길을 걸었다. 生과 死가 공존하는 공간이다. 쓰러져가는 소금창고 근처에는 작년에 소금밭을 새파랗게 덮었던 갈대가 누렇게 말라 삭아 내리고 있었다. 누렇게 삭아지는 갈대를 비집고 파랗게 새갈대가 솟아오르는 풍경이 묘하나. 위쪽 반은 누렇고 아래쪽 반은 새파랗게 生과 死가 함께 있는 공간이다. 노랗게 핀 민들레가 질긴 뿌리의 힘으로 꽃을 피우고 이름 모를 풀들이 끊임 없이 움을 틔우며 폐염전의 공간을 채워가고 있다.

둑방을 나와 소금창고가 나란히 줄서서 있는 염전을 돌아보았다. 어디선가 말 탄 기수 한 떼가 둑방을 지나 염전을 나오고 있다. 새 생명이 움트는 이 봄에 죽은 듯한 소금창고들을 깨우기라도 하듯 말 발자국 소리가 요란하게 염전을 깨우고 있다. ■

사행성蛇行性 내만內灣 갯벌, 갯골

나에게 새로운 곳을 향한 탐험은 흥미를 자극하고 쾌감을 가져오는 일이다. 새로운 충전의 원동력이며 희망의 메시지를 담고 있는 일이기도 하다.

'시흥갯골 탐사'를 했다.

시흥시의 광활했던 염전이 폐염전廢鹽田이란 명칭과 함께 '시흥갯골'이란 명칭을 쓰고 있을 때였다. 갯골과 갯벌을 통틀어 '시흥갯골생태공원'이란 명칭으로 거듭나기 전이다. 이곳 폐염전이 생태공원이 되기까지 많은 우여곡절이 있었다. 시흥시와 환경단체가 공방전을 벌일 때에도 폐염전의 그 공터를 찾는 발걸음은 끊이지 않고 있었다. 폐염전의 공터는 자유로운 정신의 세계를 더 자유롭게 하였다. 삶을 반추하고 계획하고 피로한 몸과 마음을 정화시키려고 오던 곳, 시흥갯벌 폐염전이었다.

폐염전을 동맥처럼 흐르는 갯골은 보기만 했던 곳이었다. 들어가서 갯골을 따라 흘러가볼 생각은 못 했다.

어디서 시작되어 어디로 흘러가는지 생각해 보지 않았다. 다만 물이 어느 땐가 가득하고 어느 땐가는 쩍쩍 갈라지는 개흙의 질곡을 보여주는 광활한 폐염전의 갯골이라고만 생각했다.

2008년 여름, 우연치 않게 시흥갯골 답사에 나선 것이다. 인천환경연합에서 시흥사람을 초대하는 형식으로 치러진 답사였다. 인천, 시흥 답사자 35명은 소래포구에서 2대씩 묶은 배에 2조로 나누어 탔다.

먼저 인천 장수천 쪽 갯골을 돌아나왔다. 장수천 갯골 주변은 길게 솟은 아파트들이 포구와 갯골을 내려다보고 있었고 수로를 타고 배가 들어갔다. 들어갈수록 인천 장수천의 갯골 이곳저곳에서 이름 모를 새들이 날아오르곤 한다. 인천에서는 이미 이곳 장수천을 끼고 대공원에서 소래까지를 해양생태공원으로 조성하고 개발과 보존을 위하여 많은 노력을 하고 있을 때였다.

장수천을 돌아 나와 시흥갯골로 들어섰다. 방산대교 아래엔 몇몇 사람들이 낚시를 즐기다가 손을 들어 환호를 해주었다. 시흥갯골은 갯골 깊숙이 들어갈수록 신천지를 밟는 기분이었다. 깊숙한 수로에서 갯골 위를 바라보았다. 갯벌에는 칠면초 군락지와 산림청 희귀식물로 지정한 모새달 군락지가 여기 보란 듯이 몸을 흔들고 있었다. 갯골 속의 우리를 향해 손짓하는 모습이 정겹다.

배는 천천히 수로를 타고 나갔다. 배가 지날 때마다 갯골이 깨어난다. 배를 만난 생물마다 놀라서 다른 생물에게 알려 주느라 갯골이 소란하다. 인적이라곤 없던 이곳에 우리는 마치 외계의 생물이다. 개흙 속을 자유롭게 드나들던 농게, 방게, 궁게, 말뚝짱둥어들이 사사삭 소리를 내며 제 구멍을 찾는다. 순식간에 갯골은 비상상태다. 개흙 구멍마다 많은 눈들이 적병의 움직임을 간파하고 있음을 예감한다. 시흥갯골 굽이굽이 돌아가는 협곡마다 상상을 총동원해야 했다. 하얗게 털어내는 바다의 비늘이 거기 있기 때문이다. 협곡을 느릿느릿 돌아설 때마다 큰 백로 떼가 먹이를 쪼다 쭈뼛거리며 큰 날개를 펴 날아오른다. 또한 여러 종류의 새들이 화르르 날아오르는 모습은 마치 바다의 비늘이 털려나가는 풍경이다. 우리끼리 보기엔 너무 아까운 장면이다. 마치 영화에서나 봄직한 아름다운 율동들이 갯골에 펼쳐진다. 이곳을 나래짓하는 새들은 백로 등, 총 25종으로 598개체수 우점종으로 흑부리도요, 청다리도요, 흰 뺨검둥오리순이며 천연기념물 노랑부리백로 황조롱이가 발견되었다고도 한다.

이날 갯골의 물은 조금 때라서 물의 양이 많지 않았다. 사리 때가 되면 물이 갯골을 가득 채운다고 한다. 갯골에 물이 가득 차지 않았지만 배가 지나면 물고기들이 놀라서 퍼덕거린다. 물결의 흔들림으로 얼마나 많은 물고기가 이곳에 서식하고 있는지 알 수 있다. 여기저기에서 펄쩍펄쩍 뛰어오르는 숭어 떼들과 여러 가지 물고기들과 마주친다. 많은 숭어와 물고기들이 갯골에 서식하고 있는 것을 확인하는 순간이다.

시흥갯골은 내륙으로 깊숙이 들어온 내만 갯벌이다. 세계에서 보기 드물게 뱀의 움직이는 형태인 '사행성 내만 갯벌'이다. 배가 뱀이 움직이듯 협곡을 돌아간다. 협곡을 돌아가는 동안 어머니 자궁 안에 드는 아늑함이 느껴진다. 답사에 나선 사람들에게 감동을 주는 순간들이다.

시흥 내만 갯골은 자연의 보고다. 지금은 여름이라서 초록 아래 펼쳐지는 풍경이 진하고 폭발적이다. 가을이 되면 갈대와 칠면초와 모새달의 갈색빛으로 가득할 것이다. 또한 철새들이 나는 가을철의 광경과 하얗게 눈

내린 겨울 풍경을 미리 그리며 다음 기회를 주문한다.

누군가가 말했다. "도심 속을 흐르는 시흥 내만 갯골은 순천만 못지않은 매력을 가지고 있다."고. 순천만은 순천만대로, 시흥갯골은 시흥갯골대로 충분한 매력이 있는 곳이다.

많은 기대와 희망을 주는 도심 속의 내만 갯골이다. 시흥갯골은 사람들의 삶이 과학화 되고 현대화되어 가는 이 사회에서 꼭 필요하다. 과학으로는 만들어 낼 수 없는 감성을 키우고 숨 쉴 수 있는 공간이다. 꼭 보존해야 할 아름다운 자연의 보고가 있는 공간, 사행성 내만 갯벌, 시흥 갯골이다. ◼

창작뮤지컬 '1721 호조벌'

'1721 호조벌'이라는 제목으로 창작 뮤지컬을 공연한다는 소식을 듣고 몹시 반가웠다. '호조벌'을 어떻게 풀어낼 것인지 궁금했다. 그것은 내가 호조벌에서 농사를 짓고, 즐겨 산책하고, 가끔 호조벌 이야기를 글로 쓰기 때문이다.

그동안 다른 분야에서 시흥을 다룬 경우가 가끔 있었지만 뮤지컬 공연은 처음이었다. 총 3회 하는 공연이 어떤 단체에서 하는 공연인지, 대대적으로 잘나가는 연기자들을 데려다 하는 공연인지 아니면 시흥의 어느 단체에서 하는 공연이지 등 여러 가지가 궁금하였다.

아직 연극이 무엇인지 모르지만 연극반원이 된 손자린이와 함께 외갓집 마을 앞에 펼쳐진 호조벌이 배경인 뮤지컬을 보게 되어서 더 기대가 되었다.

호조벌에서 일어나는 교육적인 이야기일까? 아니면 호조벌 생태환경에 대한 이야기가 될까? 아니면 시흥시 곡식창고에 초점을 맞추었을까? 아니면 호조벌에서 일

어나는 사랑 이야기일까? 여러 가지로 상상을 하면서 공
연이 있는 둘째 날 시간에 맞추어 시흥시청 늠내홀에 당
도했다.

공연에 참가한 연기자들은 '시흥 청소년 뮤지컬 아카
데미'에서 배출한 시흥의 중·고등학생들로 이루어졌고,
지난여름부터 시흥시립합창단과 전문예술인들과 함께
호흡을 맞추어 연습을 하였다고 한다.

공연을 보면서 영상이며 무대장치가 휘황찬란했고 음
악에 정신을 빼앗겼다. 시흥 청소년들이 시흥의 이야기
를 가지고 연기하는 모습을 보니 여러 가지 의미가 담겨
서 좋았다. 더욱이 린이가 공감할 수 있게 청소년들이
하는 공연이어서 린이에게 더 의미가 깊은 것 같다.

호조벌 간척을 위한 조선시대 역사 이야기다. 과거와
현재를 넘나들며 일어나는 이야기였다. 배경은 시흥시
매화동이다. 아버지와 아들이 300년 전으로 타임 슬립
time slip하여 일어나는 일이다. 화해로 가는 과정을 그
린 이야기다. 굳이 이 이야기에 부제를 붙인다면 대사
에서도 나왔지만 '집으로 가는 길'이나 '화해'라고 붙
이고 싶었다.

내가 뮤지컬 호조벌을 관람하면서 더 감명 깊었던 것

은, 그 속에 나의 이야기가 들어 있어서이다. 나를 더 긴장하게 한 것은 호조벌에 홍수가 나서 사람들이 주저앉는 모습을 볼 때다. 이십여 년 전까지만 해도 호조벌에 홍수가 나면 이곳저곳 사방에서 둑이 터졌다. 큰 둑 작은 둑이 터지고 농민들은 비를 맞으며 집집마다 멍석을 들고 나왔다. 여름날 마당에 깔고 앉는 멍석이었는데, 멍석도 모자랐다. 어른들은 짚단까지 들고 나와 큰 둑을 막느라고 밤잠을 설치던 일이 뮤지컬로 고스란히 그려냈다. 그 때 터진 뚝 아래 홍수에 덮쳐서 진흙과 모래에 묻힌 벼들을 보면서 땅을 치며 통곡을 하던 풍경이 떠올랐다. 20년 전 썼던 시가 생각났다.

새벽의 비애

몇 날 몇 밤 폭포같이 내리더니
한 길이 훨씬 넘는 냇둑
싹둑 잘려 나갔다

희미한 새벽빛에 비친 허연 물바다
합칠 수 없는 물줄기들 한데 엉겨

미친 듯 넘실대는 악마의 춤

신들린 밤 무희가

현실과 공허를 넘고 있었다

시뻘건 심장까지 드러낸

저 검은 흡혈귀의 아가리

버텨 온 마지막 힘마저 모두 마셔 버렸다

여린 벼 포기 위 모래산

논바닥 가득한 골 패인 상처

주저앉은 천 길의 나락에서

부부가 서로를 추켜세우고 있었다

호조벌에 이런 애환이 있는 걸 아는 사람이 몇이나 될까. 창작 뮤지컬 '1721 호조벌'은 예전 농민들의 실상을 그대로 그려낸 이야기여서 감동적이었다.

또한 린이와 이 뮤지컬을 보면서 창작 뮤지컬 '1721 호조벌'은 시흥시의 어린 청소년들이 출연해서 공연했다는 점이다. 이런 뮤지컬을 볼 기회가 없었던 린이다. 어린 린에게 지루해서 졸리지 않았냐고 물으니 처음부터 끝까지 잘 보았다고 자랑 아닌 자랑을 한다. 이번 뮤지컬 관람이 많은 것을 보고 배워 자신감을 가지는 계기가 되었을 것이다.

지역의 이야기를 소재로한 예술공연이 활성화되어서 주민의 예술활동이 활발해지고, 문화생활을 풍성히 누릴 수 있기를 기대해 본다. ■

고속도로 관통, 막아야 한다

　소래산은 좋아하는 산이다. 왜 좋아하느냐고 묻는다면 딱히 이것 때문이다라고 선뜻 말하지는 못하지만 소래산은 어려서부터 어른이 된 지금까지 집에서 문을 열면 제일 나를 맞이해주던 산이다. '등잔 밑이 어둡다'는 속담처럼 늘 가까이 있는 산이어서 소래산의 소중함을 생각지도 않고 살아왔다. 하지만 지나온 일들을 생각하거나 지금의 나를 생각해보면 소래산은 은연중 마음의 다짐을 받아주는 큰 산이었다. 시흥의 수문장이면서, 묵직하게 그 자리에서 버티고 서서 사람들에게 용기와 계획을 다짐하도록 무언의 계시를 주는 산이다. 소래산이 없다고 생각하면, 시흥은 너무 삭막하고 의지할 데가 없을 것이란 생각마서 든다.

　가끔 소래산을 오른다. 해가 갈수록 산을 찾는 사람들은 늘어난다. 예전엔 산을 오르려면 인적이 없어서 왠지 무서워서 혼자 산을 오르는 일은 엄두도 못냈다. 지금은 소래산을 찾는 사람들이 평일이나 휴일이나 할 것 없이 사람들이 끊이지 않는다.

산은 다 그렇겠지만 소래산도 계절이 바뀌는 대로 산을 오르는 사람들의 마음을 들뜨게 한다. 특히 산을 오르는 방향에 따라 다른 느낌을 준다.

봄이면 약수터 쪽으로 올라서 약수 한 모금을 마시고 나면 산의 정기로 오장육부가 시원해진다.

한여름에는 부천 쪽에서 소래산 능선을 따라 정상을 향해 오른다. 그 길에는 야생화 무리들이 즐비하게 널려 있다. 산을 오르는 사람들에게 해사한 웃음을 던져주고 꽃 냄새와 풀 냄새를 풍겨 기분이 마냥 좋아진다.

가을 소래산은 어느 쪽으로 오르던지 풍성한 낙엽과 단풍을 느낄 수 있어서 좋다. 붉은색과 노란빛의 나뭇잎들이 산을 화려하게 수놓고 사람들은 그 아래서 인생의 덧없음을 이야기하기도 하고 지는 낙엽을 밟으며 고독감을 맛보기도 한다.

겨울이 되어 눈이 내리면 소래산의 설경 또한 장관을 이룬다. 나무가 휘어지도록 하얗게 눈을 이고 있는 설경이다. 멀리 있는 유명한 산이 아니라도 눈 온 날의 풍경을 충분히 느끼고도 남는다. 그래서 눈이 오고 난 다음날은 소래산을 간다. 추운 겨울엔 특별히 오르는 코스가 있다. 내원사 위쪽으로 가면 바위가 벽처럼 진을 친 곳이 있다. 바위를 올라타고 산을 오른다. 사람들은 그리 높지 않은 산이라서 평범한 산이라고 하겠지만 내원사 위쪽으로 오르는 길은 암벽등반하는 기분이다. 등에 땀이 흠씬 흐르는 것을 느끼며 바위를 딛고 밧줄에 의지하며 산을 오른다.

일요일도 아닌데 많은 사람들이 산을 오른다. 살기가 팍팍한 세상에 가까운 산에라도 오르지 않으면 답답해서 살 수가 없을 것이다. 바위를 딛고 돌을 딛고 나무들과 대화하며 산을 오르면서 막혔던 숨통이 틔었을 것이다.

주말이 되면 더욱 많은 사람들이 소래산을 오른다. 한 주일 동안 부지런히 일을 하고 가벼운 마음으로 가족들과 혹은 친구들과 산악회원들과 산을 오르는 사람들로 인산인해를 이룬다. 내가 살고 있는 주변에 이런 산이 있다는 것이 얼마나 뿌듯하고 행복한지 모르겠다. 산을 오르는 사람들도 그런 마음일 것이다.

소래산을 관통하여 고속도로를 낸다는 신문기사를 보며 어이가 없어 가슴 속에 분노가 인다. 언젠가 외곽순환도로가 이 산을 관통한다고 했을 때 많은 사람들이 그래서는 안 된다고 밤잠을 안자고 반대를 하고 호소를 했었

275

다. 주민들의 분노를 모른 척하고 터널은 뚫렸고 그로 인해 소래산의 풍경과 소래산 주변을 의지하던 생물들이 사라졌는데 똑같은 일을 또 반복된다고 한다.

묵묵히 제자리 지키고 있는 산을 그리 소홀히 생각해서는 안 될 것이다. 인간이 이런 자연이 없다면 어디에서 쉼을 얻고 위로를 받을 것인가 생각해 봐야 한다. 주위에 자그마한 산이나 들일지라도 함부로 훼손하지 못하게 해야 한다. 조금 더 빠르게 가자고, 조금 더 편하게 살자고, 오랜 세월을 지켜온 산을 무자비하게 후벼 파는 것은 안 될 일이다.

산에는 기운이 있고 산에는 맥이 있다고 한다. 그래서 과거에 일본놈들은 우리나라 명산마다 맥을 끊는 일을 했다고 한다. 그런데 우리의 적도 아닌 사람들이 지역의 명산인 소래산을 뚫고 길을 내서 산의 맥은커녕 산의 가슴을 후비고 뭉개 버리려고 한다. 만일에 그리 된다면 우리들은 가슴이 텅 빈 소래산을 어찌 올라서 어찌 기운을 받을 수 있을 것인가.

춥고 쌀쌀하지만 소래산을 오르니 등에 땀이 흐른다. 헬기장, 장군바위를 넘고 마애불상을 지나 정상에서 크게 심호흡을 해본다. 소래산 아래를 내려다본다. 수많은

집들과 아파트들이 산을 중심으로 마을이 형성되어 있
다. 산을 의지해서 자리 잡고 생활의 터전을 삼고 큰 도
시를 이루고 있다. 그리고 도시가 끝난 곳엔 우리들의 고
향 같은 농촌이 소래산을 향하여 들판과 함께 펼쳐져 있
다. 조가비 같은 집들이 소래산을 기대거나 소래산을 향
하여 마을을 형성하고 있다. 사람들의 생활이 소래산을
중심으로 이루어지고 있는 것이다.

　예전의 선인들은 소래산을 명산이라고 하며 소래산의
정기를 받아서 시흥이 아주 크게 번창할 것이라고 예언
했다고 한다. 내가 다니던 소래초등학교 교가가 중에 '장
엄한 소래산 정기 받은 우리학교'가 있다. 그렇다. 우린
소래산의 정기를 이어받아 자라는 시흥인이다.

　더 이상은 소래산을 훼손해서는 안 된다고 산을 지키
겠노라고 다짐해 본다. ▪

하우고개에는 전설이 있다

가파른 골짜기에 봄이 무르익고 있다. 골짜기를 따라 줄을 지어 오르내리던 자동차들이 여기저기 널린 맛집으로 스며든다. 멀리 진달래꽃들이 분홍빛으로 봄 산을 밝히고 목련이 듬성듬성 하얗게 피어 지나는 사람들 마음을 설레게 한다. 옛날에는 많은 찻집들이 즐비하게 늘어섰던 골짜기이다. 연인이나 친구, 친지들이 자기들의 분위기에 맞는 찻집을 찾아 자연 속에서 삶을 즐기는 곳이었다. 그러던 찻집도 시대가 찾는 요구에 따라 변했다. 지금은 특별한 맛을 내는 맛집들이 고객을 기다리는 골짜기가 되었다.

친구나 지인들을 만나면 어디로 가야 눈과 입을 즐겁게 할까 고민하게 되는데 그럴 때 떠오르는 곳이 하우고개다. 그 곳에 가면 찾고 싶은 어떤 맛도 있기 때문이다. 특별한 날, 특별한 곳에서 특별한 맛으로 특별한 기념을 하기에 충분한 곳이다. 오른쪽, 왼쪽 양쪽에 산이 있어서 산의 정취를 느끼면서 눈과 입을 충족하기에 충분한 곳이다. 더군다나 포만상태의 배를 소화시키기 위한 산책로까지 있으니 많은 사람들이 즐겨 찾는다.

하우고개는 소래산과 성주산이 만나는 곳이다. 신천동에서 부천 쪽으로 올라가면 웃댓골과 아랫댓골 마을이 있다. 웃댓골 '꼬꼬상회'에서 왼쪽으로 가면 하우고개다. 예전에는 오솔길이었는데 지금은 길을 넓어져 자동차가 다닐 수 있다.

입구에 아주 오래된 두부공장을 선두로 두부전문점, 한정식, 경양식, 삼계탕, 낙지전문점, 장어전문점, 갈비집이며, 닭이나 오리 전문점, 칼국수, 산장, 차를 즐길 수 있는 카페까지 각종 미각을 즐길 수 있는 맛집들이 줄지어 있다. 그리고 소래산을 등지고 고급 빌라와 단독주택들이 있고 예비군 훈련장과 YWCA 버들캠프장이 길 양옆으로 자리하고 있다.

이곳을 지나다보면 사계절 아름다운 풍경을 만난다. 봄이면 YWCA 버들캠프장을 위주로서 하우고개 전역에 벚꽃이 흐드러지게 피어 꽃 천지를 이룬다. 또한 가을이면 맛집들을 감싸고 붉고 노랗게 물든 산이 절경을 이룬다. 삶을 즐기려고 찾는 이들에게 계절 속에 푹 잠길 만큼 아름다운 풍경을 선사해준다. 어느 계절이든지 차를 세우고 사진을 찍는 사람들을 볼 수가 있다. 맛과 풍경과 건강을 위해서 찾는 미식가와 산을 좋아하는 등산객들이 찾는다.

하우고개에는 시흥과 부천의 경계가 있다. 예전에는 사람들이 걸어서 넘나드는 길로 나무가 우거진 숲이었다. 하우고개는 힘들게 "하우! 하우!" 올랐다고 해서 '하우고개'라 불렀다고 하기도 하고, 뱀내장터에서 소를 매매한 사람들이 도적떼를 피하기 위해 앞을 다투어 "하우! 하우!" 하면서 올랐다고 해서 붙여졌다고도 한다. 이 고개에는 잘 전해지지 않은 한 가지 전설이 있다.

옛날 윗댓골 마을 허름한 농가에 늙은 아버지를 모시고 사는 아들이 있었다. 가난해서 땅 한 뙈기 없었지만 부지런하기로 소문난 젊은이였다. 그는 느지막이 장가를 들었는데 아내가 좀처럼 아이가 생기지 않았다. 장가를 들던 해부터 아껴서 모은 돈으로 어린 송아지 한 마리를 사서 정성껏 길렀다. 아이가 없는 부부에게 허전함을 달래주는 송아지였다. 송아지가 큰 암소가 되었을 때 마침내 아내에게 태기가 보였고, 암소도 새끼를 갖게 되었다. 온 집안에 웃음이 떠날 날이 없었다.

그러던 어느 날 밤, 아들은 잠이 깨어 뒷간을 다녀오다 주위를 한 바퀴 돌아보았다. 외양간 앞을 지나던 순간, 그는 털썩 주저앉고 말았다. 소가 보이지 않았던 것이다.

어스름 달빛에 깊게 파인 소 발자국이 산으로 향해 있다. 아들은 발자국을 쫓아 산길을 내달리기 시작했다. 단숨에 정상을 향해 뛰어오르자 어둠 속에서 발버둥치는 소와 낯선 사내의 그림자가 보였다. 소는 가지 않으려고 뒷걸음을 치고 있었다. 낯선 사내는 소를 힘으로 끌고 가고 있었다. 아들은 주변의 나무막대를 주워들었다. 낯선 사내의 목을 향해서 냅다 내리쳤다.

"이 소도둑놈아, 이 소가 어떤 소인데 네 놈이 가져가!" 사내는 얼른 머리를 조아리며 용서를 빌었다.

"제 어머님이 몹쓸 병에 걸려 아무리 약을 써도 낳지 않습니다. 그동안 집안에 돈이란 돈은 병을 치료하는데 다 쓰고 없는데 당장 손을 쓰지 않으면 어머니는 돌아가신다고 합니다. 더 이상 돈을 구할 데도 없고……, 나중에 꼭 갚을 생각이었습니다."

사내의 하소연을 들은 아들은 한쪽에 서 있는 소를 잠시 바라보았다.

"네가 한 일을 생각하면 당장 주리를 틀어야 하나, 늙은 부모를 살리고자 한 일이니 그러지는 않겠네. 해가 밝거든 우리 집에 잠시 들리게. 나도 가진 것 없는 사람이지만, 아내가 해산할 때 쓰려고 모아둔 돈이 조금 있으니 가져다 쓰고 나중에 갚게."

그날 이후, 아들은 소도둑을 용서하고 형제처럼 화목한 사이가 되었다. 그래서 사람들은 두 사람이 만난 고개를 '화해고개'라 부르기 시작했는데, '화해고개, 화해고개' 하다가 '하우고개'로 변했다는 전설이다.

봄이다. 이제 곧 벚꽃이 하우고개를 뒤덮을 것이다. 새롭게 움트는 초록빛 세상 속에서 즐거운 한 때를 보내기 위해서 사람들은 줄을 이어 이 골짜기를 올 것이다.

오늘도 인간 삶에 자연의 아름다움과 휴식을 주는 곳 하우고개에 차량의 행렬이 즐비하다. ■

물왕저수지를 엿 보시겠습니까

말복이 지나고 입추가 지나도 여름 더위는 가실 줄 모른다. 아침저녁으로는 퍽 서늘해지긴 했지만 한낮 찌는 더위는 한여름 무더위 못지않았다. 잠시 땀을 식히고 머리 식힐 곳이 어디 없을까 생각하다가 호조벌과 연결된 물왕저수지가 떠올랐다.

물왕저수지는 이 근방에서 풍경이 수려하고 아름답기로 소문난 낚시터이면서 휴식처다. 올 들어 처음 와보는 저수지인데 저수지 주변에 많은 변화가 있다. 비포장 도로였던 자동차길이 2차선으로 포장이 되어있고 둘레에는 가로수와 붉은 보도블록이 깔려있어서 호수를 바라보며 맘껏 걷거나 편안하게 휴식을 취할 수 있었다.

물왕저수지를 처음 본 날 반짝이는 물결이 잔잔하게 일렁이던 풍경이 생각난다. 같은 동네이면서도 말로만 듣던 물왕저수지를 처음 봤을 때 그 느낌은 참 근사했다. 마치 글씨를 잘 쓰는 명필이 커다란 붓으로 휘익 갈겨댄 곡선처럼 굵고 유연하게 휘어져 있어서 한층 더 운치 있었다.

도로변에 차를 세워놓고 저수지 옆으로 만들어진 보도 블록을 걸으니 시원한 바람이 불어온다. 바람을 맞으며 바라보는 넓은 호수는 보는 사람 마음을 후련하게 한다.

길고 넓게 들어선 저수지 끝에서 맞은편 산 아래쪽으로 돌아간다. 동쪽에서 서쪽으로 길게 자리잡고 있는 저수지의 수면은 물살 하나 없이 잔잔하다. 저수지에 바람이 불어올 땐 물비린내가 나지만 그래도 상쾌하다.

사람들이 더위를 식혀가며 축축 늘어진 수양버드나무 아래나 물가에 낚싯대를 드리우고 있다. 젊은 연인들이 많았던 여느 때와는 다르게 그날은 가족을 동반한 사람들이 많다.

해가 뉘엿뉘엿 저물기 시작한다. 호수 위의 물결이 빨갛게 물들기 시작한다. 호수 주변의 사람들도 잔잔한 물결 위에 많은 생각들을 던지며 물들고 있는지도 모른다.

길에서 보는 그들의 뒷모습이 행복한 가정같이 보인다. 문득 노을 속에서 한 가족이 비쳐진다. 셔터를 누르니 아이의 엄마가 웃으면서 묻는다. "사진 찍나요." "네, 죄송해요. 허락도 없이." "왜 그러는데요." "풍경이 좋아서 한 장 찍어본 거예요." "아가, 아줌마가 사진 찍어준대. 예쁘게 웃어봐." 하며 아이와 엄마는 활짝 웃어 보인다. 그 미소가 고운 노을빛과 어울린다.

노을을 잡으려는데 한 젊은이가 다가오더니 내게 묻는다. "풍경이 좋습니까?" "네, 노을과 어울린 모습이 아름답네요." "아, 그래요? 저 사람들이 제 친구들입니다." "낚시를 즐기시는가 봐요." "네, 집에서 가깝기도 하지만 이곳이 좋아서 피서 겸 왔습니다."

1950년대 초부터 낚시꾼들은 이곳 물왕저수지를 찾기 시작했다. 서울, 안양, 인천, 부천, 안산 등 수도권과 가까운 곳에 위치한 데다 서쪽으로는 관무산(일명 성인봉), 남쪽으로는 마하산, 북쪽으로는 운흥산이 병풍처럼 둘러싸여 있어 많은 사람들이 최상급 낚시터라고 말한다.

호수가 빨갛게 물들어 주변 사람들 얼굴에서 마음까지 빨개지는 것 같다. 낚시터에 앉은 사람들도 노을과 함께 빨갛게 익어간다. 마치 영화의 한 장면을 보는 것 같다. 바다의 노을만 아름답다고 생각했는데 호수의 노을은 마음을 차분하게 가라앉히는 재주가 있다. 바다의 노을과는 전혀 다른 느낌이다. 순식간에 해가 호수 속으로 가라앉는다.

호수는 캄캄해지기 시작한다. 저수지 수면은 깜깜한

어둠 속에서 별처럼 불빛들이 하나 둘 나타난다. 내가 잘 가던 물안골 사람들, 달을 삼킨 연못 카페도 별처럼 불빛을 호수에 담근다. 포장도로에서 바라본 호수 주변은 불야성을 이루며 별천지가 되어 또 다른 풍경을 만든다. 어둠 속에서 별빛을 가득 안은 호수는 꿈을 꾼다. 시 한 편이 그려진다.

물왕저수지

시흥의 명필이 먹을 찍어 큰 획을 그었다
빽빽이 들어선 산을 돌아 휘갈겨 댄
살아 꿈틀거리는 저 곡선

노을 황홀한 어둘 녘이면
산마다 물 안에 든 제 모습에 빠져
계곡의 수맥처럼 퍼지는데
찌를 드리운 낚시꾼들
무르익는 밀어를 낚는다
아련한 노을 속 꿈틀거리는
용왕의 날개를 낚는다

달을 삼킨 연못도

물안골 사람들도 창가에 앉아

물안개 속으로 들어서면

깊은 묵상으로 일렁이는 물왕저수지

물오르는 들판이 월척인가 했더니

힘차게 내리그은 획 하나가

호수를 놓고 간다

288 시위를 당기기 시작했다